Zu diesem Buch

Lene Voigt, die sich in diesem köstlichen Band unsere Glassigger vornimmt, ist inzwischen selber zu einem Klassiker der Dialektdichtung geworden. «Überall, wohin Sachsen aus ihrer Heimat verstreut wurden, werden ihre Bändchen zur ‹Hausapotheke› gehören, und nicht nur dort! Wer sich selbst eine rechte Freude bereiten will, der lese oder lasse sich vorlesen Lene Voigts Glassigger und Balladen!» (Pressezitat)

Lene Voigt, geboren am 2. Mai 1891 in Leipzig, war in den zwanziger Jahren Mitarbeiterin unter anderem der Zeitschrift «Der Gemütliche Sachse», der linksengagierten Wochenschrift «Der Drache» und der «Neuen Leipziger Zeitung» und veröffentlichte ihre ersten Balladen. Nach 1933 bekam sie Schwierigkeiten mit den damaligen Machthabern, und 1936 verbot der Reichsstatthalter ihre sämtlichen Mundartbücher. Nach vorübergehendem Aufenthalt in München («In München wimmelts jetzt von Sachsen / un alle sächseln quietschvergniecht. / Im Hofbreihaus bei Bier und Haxen / hat Braxis Deorie besiecht.») kehrte sie nach Leipzig zurück, wo sie jedoch wieder in die Fänge der Gestapo geriet. Am 16. Juli 1962 starb sie in ihrer Heimatstadt, wo sie zuletzt in der Anstaltskasse einer Nervenheilanstalt gearbeitet hatte.

In der Reihe der rororo-Taschenbücher erschienen bereits Lene Voigts «Säk'sche Balladen» (Nr. 4242).

Lene Voigt

Säk'sche Glassigger

Zeichnungen von
Walter Rosch

rororo
Rowohlt

24.–38. Tausend Dezember 1990

Veröffentlicht im Rowohlt Taschenbuch Verlag GmbH,
Reinbek bei Hamburg, Mai 1979

Umschlaggestaltung Nina Rothfos unter Verwendung
einer Zeichnung von Walter Rosch / Kolorierung Georg Meyer
Gesamtherstellung Clausen & Bosse, Leck
Printed in Germany
780-ISBN 3 499 12881 0

Zum Geleit!

Als im Jahre 1936 in Sachsen alles Schrifttum sächsischer Mundart verboten wurde, verließ Lene Voigt die ungastliche Heimat und ging damals nach München.

Noch im Sommer 1936 schrieb sie von hier aus an die Sächsische Staatskanzlei in Dresden die folgenden Verse, die ich dem nun wieder erscheinenden ersten Band ihrer Schriften voranstellen möchte.

In München wimmelts jetzt von Sachsen
un alle sächseln quietschvergniecht.
Im Hofbreihaus bei Bier un Haxen
hat Braxis Deorie besiecht.
'ne Mundart läßt sich nich verbieten,
weil blutsgebunden bis ins Mark,
dr Volksmund selwer weeß zu hieten
sei Vätererbe drei un stark.
Ich mußte neie Mundartlieder
Landsleiten uff e Zettel schreim,
denn meine Schwestern, meine Brieder
wolln fest mit mir verbunden bleim.
Un habbt Ihr ooch dn Stab gebrochen
längst iwer mich, Ihr hohen Herrn,
was Volksmund hier zu mir gesprochen,
das ziert mich mehr als Ordensstern.

Lene Voigt

Mögen diese Bücher, wie früher, überall Freude bereiten und vielen ein lieber Gruß der Heimat sein!

Hans Natonek
gewidmet

Meinen Lesern

«*Muß* das sein?» So fragte mich eine Kollegin von der Feder und schüttelte mißbilligend das lyrische Haupt, als ich ihr vom Werden dieses Büchleins sprach. Dies sei mir ein Wink, meinen sechs Musenkindern ein paar Worte vorauszuschicken.

Anno 1914 war's, als wir im Alten Theater unter Martersteig die famose Aufführung der «Räuber» hatten. Ich saß, wie immer, in der Proszeniumsloge nächst dem «Dobb» und freute mich sehr auf Stielers Canaille Franz. Da bekam ich kurz vorm ersten Klingelzeichen noch Gesellschaft in meinem Kasten. Eine brave Leipziger Kleinbürgerin war's, die sich sofort unaufgefordert daran machte, mir das Stück zu «erklären». Nichts Köstlicheres habe ich je gehört, als diese emphatisch-sächsische Interpretation. Gewiß waren es Schillers «Räuber», die meine Nachbarin da schilderte, – aber sie waren es auch wieder nicht. Die überaus fruchtbare Phantasie der Braven flocht dies und das ins Stück hinein, in unbewußtem Drange, die Effektstellen noch zu steigern. Jedenfalls wußte und weiß ich nun, *wie* der sächsische Spießer seine «Glassigr» sieht. Und aus diesem Wissen und Nachempfinden heraus entstanden die folgenden Blätter. Nur die «Sappho» tanzt aus der Reihe und will lediglich als Parodie gewertet sein. Sintemal erwiesen ist, daß bei sechs Kindern immer wenigstens eines aus der Art schlägt.

Leipzig, im November 1925.

Lene Voigt

Inhaltsverzeichnis

De Reiwr

Ä Schdurm- un Drangschdigge von zwee Briedrn aus gudr Familche

I.

Baßd alle uff un schdällds eich deidlich vor:
Es war ä aldr Graf un där hieß Moor.
Där war schon sähre wagglich uff de Beene
Un hadde zwee doddal verschiedne Sehne.
Dr Äldsde war ä Gärl mid schwarzn Oochn,
De Loggn bammelden in sei Gesichd verwoochn,
Giehn warsch Broffihl un bildscheen de Schdaddur,
's war so ä richdjes Schooßgind dr Naddur.
Gee Wundr, daß dr Alde sähr fiern schwärmde
Un sich schbezziel ähmd fier sein Garl erwärmde.
Dr zweede Sohn hieß Franz. Das arme Ludr
Warsch ganse Geechndeel von sein scheen Brudr.
Das dadn nu nadierlich sähre gränkn.
(Mr gannsn ja ooch beinah nich verdänkn.)
Un wänn Franz wiedend war uff de Mischbohche,

Dann hieldr gans gemeene Monolohche:
Verglich sein gudn Babbah mid ä Ofn
Un läsderde dr Liewe ihr Verlofn.
Nu war im Hause ooch ä Weibsbild da,
Änne Gussihne, un die hieß Amalija.
Die war sähr hibbsch – ä bißchn deadralisch –
Un außrdäm warse ooch musigalisch.
Se sank zur Laude wärglich wundrscheen
Häggdorn sein Abschied von Andromachehn.
Nadierlich warsche mächdj in Garln verschossn,
Un das hadd Franzn färchderlich verdrossn,
Zumal sei Brudr, wänn dr Alde schdärbde,
Als Härre dann de ganse Gliddsche ärbde. –
Wie Franz nu mal im Bark saß uffnr Banke,
Durchzuggdn ä abscheilicher Gedanke:
«Jädds habbch's», so brilldr, sausde in de Lauwe
Un schrieb ä Brief. Dann, sanfd wie änne Dauwe
Schlichr bein Aldn un schbrach: «Nu mei gudr Vadr,
Is dänn dei Riggn heide bißchen gradr?
Ich habbe nämlich hier de Bosd aus Leibzch.
De gannsd mrsch gloom, mein Sohneshärze
schdreibds'ch,
Wänn'ch dir verginndn soll, was drinne schdehd
Von Garln un seinr jingsdn Scheißlichgeed.»
Un bleich vor Schräggn schbrach dr alde Moor:
«Nimm geene Riggsichd, lißmr alles vor!»
Franz warfs'ch in Bossidur wie uff dr Biehne
Un las mid heichlerisch-zergnirrschdr Miene:
«Leibzch, ärschdr Mai. Eir Garl is desserdierd!
Hadd vorhär noch ä Freilein deflorierd
Un där ihrn Breidjam deedlich angegnalld.
Där war Gommih bei dr Grediddanschdald.
Nu leefd ä Schdäggbrief rum nach Garln im Lande,
's is doch weeßgnebbchn änne Affenschande!»

Dr Alde winkde ab mid seiner Hand:
«Bis schdille, Franz. 's geniechd, was drinne schdand.
Ach hädd de Muddr Garln doch nie geborn,
Dann ginkr nich uff solche Ard verlorn!»
Uff sowas hadde Franze bloß gelauerd:
«Nu weeßde, Babbah, wänn dich das so dauerd,
Dann mußdn ähmd vom Vadrhärzn rubbn
Un eenfach naus aus dr Familche schubbn!»
«'s is awr doch mei Gind. Sei nich so harde!»
Da gam schon Franze midnr Ansichdsgarde.
Un schließlich meende dann dr alde Moor:
«Schreib dusn, awr gehe mänschlich vor.»
Ja, Guchen, «mänschlich», so sahk Franze aus!
Un gaum bewächde sich dr Alde naus,
Da schrieb das Scheisal uff de Ansichdsgarde:
«Mei liewr Garl! Dr Vadr lange harrde,
Daßde Dich bässrn solldsd. Nu haddrsch awr sadd.
Ich soll verginndn Dir an seiner Schdadd:
De bisd endärbd, äs Bludsband is zerrissn,
Aus dr Verwandschafd bisde nausgeschmissn,
An Liewe find sich fier Dich geene Schbur,
Un wännde nochmal schreibsd, das gehd räddur!
Dies mälded Dir – in Drähn gebaded ganz –
Dei wärglich diefgerierdr Brudr Franz.»

II.

Inzwischen saß dr Garl in ännr Gneibe
Im Behmschen un erwardede de Schreibe.
De Gameraden gwaddschden, Garl blieb schdumm.
Bloß eenmal schimfdr uffs Gymnasium,
Weil da de Schieler un de Brofässorn
Verschandeln Cäsarn un de Gladjadorn.

Da gam de Bosd. Garl schdärmde drmid naus,
Als fiehr dr Deifl aus dn Buchschdam raus,
Schmiß um ee Haar de Gellnerin in Drägg,
Zum Gligge hubbde die beiseide wägg.
De Gameraden warn nich schlächd erschroggn,
Bloß Schbiechlbärch rief: «Nebbich, laßdn soggn!
Ich muß euch sowieso äwas verginndn,
Das hoffndlich wärd eirn Beifall findn:
‹Wie wärschn, wännmr alle Reiwr wärdn
Un reichn Leidn bißchen 's Gäld wäggzärrdn?
Mir hamm ja schließlich nischd mähr zu verliern,
Das gennd uns wieder scheene resdauriern.
Was meendrn – Razmann – Schweizer – Roller – Grimm,
Dud ihr fier mein famosn Vorschlag schdimm?›»
«Nu fäsde», blähgdn alle, «das wärd zaggch
Un gibbd uff jedn Fall ä Heidngaggch!»
Bloß Roller diggschde un schbrach unbeärrd:
«Ich mach ärschd dann mid, wänn Moor Haubdmann wärd.»
Un gaum endfuhrn das, gam Moorsch Garle wiedr.
Där brillde uffgerechd: «Nu horchd nur, Briedr:
Mei Aldr hadd sich von mir losgesagd
Un mich ins Ungewisse nausgejagd.
Mei Brudr schreibd, 's wär alles nu zu Ende.
Verbibbch, wär zahld dänn jädds de Alimende?»
Da meende Schwarz: «Mach nur nich solchn Grach,
Sonsd wärn ja iwr uns de Leide wach.
Mir hamm inzwischn äwas ausgehäggd,
Ä wärglich sähre schnärbliches Brojägd:
Jädds regwiriern mr fäsde rum im Lande
Un du wärschd Haubdmann von dr Reiwrbande.»
«Mänsch», brillde Moor, «wär blies das Word dir ein?
Jawoll, ich mach'n Vorschdand vom Verein!»
Un mid een Saddse hubbdr uffn Disch:

«Nu schwärd mr alle Dreie männichlich!»
Begeisdrd gab jedr seine Fode:
«Mir haldn dichd im Lähm un ooch im Dode.»

III.

Dr alde Moor sank drodds sein großn Gummr
In ä gesächndn un diefn Schlummr
Un war am andrn Morchn ganz mobil,
Was Franzn forchdbar uff de Närven fiel
«Goddschdrambach», dachdr, «där gann was verdragn!
Da muß mr schon ä dollres Schdiggchen wagn,
Bevorsch dän aldn Gnaggs zu Boden schdräggd.
Was bloß fier Grafd noch in dän Gnochn schdäggd!»
Da globbdes an dr Dier. Franz rief: «Herein!»
Un dadruff schlängelde sich Hermann nein.
«Gärl, du gommsd wie gerufn», schbrach dr Indrigand
Un driggdn zur Begrießunk forsch de Hand.
«Ich habb fier dich 'ne wichdje Mission,
Gabbierschde die, gibbds ooch ä Bombnlohn!»
«Was soll'ch dänn deigsln, mei Gebiedr, schbrich?»
So fragde Hermann un verbeichde sich.
Franz bodn änne Zigarädde an
Un zogn dann gans dichde bei sich ran:
«Ärschd mußde dich doddal ungenndlich machn.
Ich bumbdr dazu andigwarsche Sachn.
Dann nimmsde hier das Schwärd, mid Blud versaud,
Mäldsd dich beim Aldn un Garln seinr Braud.
Un mid verschdälldr Schdimme sagsde dann,
De wärschd von seinr Gombanieh ä Mann
Un häddst mid eechn Oochn zugeguggd,
Wie Garln de Ardillrieh hadd dodgeschbuggd
Bei Brag, wo in ä bludchn Gamfgewärche

Gardädschn sausdn vom Laurenzibärche.
Noch gurz vorm Schdärm, da hädde Garl gesagd:
‹Mei Vadr hadd mich indn Griech gejagd!›»
Un wärglich gink dr Hermann dadruff ein.
Amalija fink forchdbar an zu schrein,
Wie se nu härde, daß ihr Garl wär fuddsch
Un ooch dr Alde jammerde wie duddsch.
Dann fielr bläddslich riggwärds un blieb schdumm.
Da hubbde Franz wie närrsch ums Bädde rum,
Flog drbei balde iewrsch Nachdgeschärre
Un brillde eejal: «Jädds bin *ich* dr Härre!»

IV.

De Reiwrbande dad im Handumdrehn
Aus neinunsibbzich gräfdjn Gärln beschdehn.
De meerschdn hadde Schbiechlbärch geworm,
Dän sei Dalländ drzu war gans enorm.
Se baudn nun nadierlich dolle Ziggn
Un iewrbodn sich in Schdromerschdiggn.
So sinse mal ahmds in dr Dämmerung
Frech in ä Nonnenglosdr eingedrung.
Dord glaudnse dän Ärmsdn ärschd de Sachn,
Dann dadnse mid jedr äwas machn.
(Das heeßd, de Briorin, die ließe gald,
Die war schon fimfunachdzich Jahre ald.)
Un schließlich schläbbdnse de Silwrschäddse
In Behmerwald nein uff de Hamsdrbläddse.
Doch was dr Haubdmann war, där hield uff Ehre
Un undrschied sich von dn andrn sehre.
Där nahms dn Reichn, ums dn Armn zu gähm
Un drachdede nur Schurggn nachm Lähm.
Fier sich verbrauchdr bloß, was mr so frißd,

's war ähmd ä richdjr Edlgommunisd.
Ä eenzches Mal, da ließr sich's was gosdn:
Da brachdn nämlich eenr von sein Bosdn
De Nachrichd, dasse Rollern hamm gefang
Un das där morchn wärde uffgehang.
Gaum hadde nu dr Haubdmann das gehärd,
Da schmissr sich im Bogen uff sei Färd,
Nahm sich fimf Gameraden an de Seide,
Un wie dr Deifl sausde ab de Meide.
Wie se nun landedn uff ihrn sächs Häbbn,
Dadnse Rollern schon zum Galchn schläbbn.
Nein Zähndel von dr Schdadd zog hindrhär,
Als wänn's Gehänkdwärn ä Vergniechn wär.
«Gärls», rief Moorsch Garle, «nähmd äs Feierzeich
Un gogld los an hundrd Schdälln zugleich!»
Das ließn die sich nu nich zweemal sagn.
Bald sahkmr hoch embor de Flamme schlagn,
Dr Himmel schiggde gradis ooch noch Schdorm,
Mid forchdbarn Gnall zerflog dr Bulverdorm.
Verschdeenerd schdand de ganse Bärcherschafd.
Un wie nu alle riggwärds hamm gegaffd,
Da fliddsde Roller wie ä Wiesel ford,
Schbrank in dn Fluß un schwamm ä Heechsdräggord.
Am Ufer schdandn schon de Gameraden,
Die winkdn: «Gomm! Heid ahmd gibbds Schäbbsen-
braden!»
Ooch haddnse an alles hibbsch gedachd
Un frische Underhosn midgebrachd.

V.

Mr sollde doch nu eechndlich bald gloom,
Daß dr Amalija ihr Liewesdroom

Nu aus war un daß se so lanksam wiedr
Nach andrn schielde durch de Oochnlidr.
Se war ja schließlich noch ä junges Dink.
Wie se nu ahmds mal durch dn Gardn gink,
Da gam Moorsch Franze von dr andrn Seide
Un meende: «Wärglich scheenes Wäddr heide.»
Amalja dad, als häddses nich gehärd
Un dachde: «Glabbsmann, laß mich ungeschdärd!»
Das halfr awr nischd, Franz blieb zur Schdälle.
(Där hadde ähmd ä ziemlich digges Fälle.)
Ärschd gwassldr von so verschiedn Sachn,
Dann bläddslich dadr ihr ä Andrag machn.
Das war Amaljan awr doch zu viel.
Se rief embärd: «Du greiliches Rebbdil!
Wie gannsde bloß zu mir von Liewe schbrächn?
Das is doch weeßgodd färmlich ä Verbrächn.
Noch dun mich schwarze Drauergleedr ziern,
Da dänksd du Gärl schon wiedr ans Bussihrn!»
Druff baggde Franzn färchderlich de Wud,
Nuff in sein Gobb schdiech's Indrigandnblud
Un mid endsäddslich viechdsverzärrdr Miene
Schdärzde das Scheisal sich uff de Gussihne.
Die haddn angeguggd mid galdn Hohne.
Dann rubbde se wie änne Amazohne
Sein Dähchn ab un brillde: «Du Ganallje,
Gleich nimm de Fodn wägg von meinr Dallche!
Ziehsde nich oochnbligglich dich zurigge,
Da hau ich dich in Gullasch-Wärfelschdigge!»
Druff sausde Franz drodds seiner Männlichgeed
Gleich middn durch ä Gollerawibeed.
Amalja admede dief dorchn Busn.
('s is fier ä Weib ähmd schwär, nich mähr zu schmusn.)

VI.

De Reiwr lagn wiedrmal im Walde,
Da gam a Jinglink ausm Hindrhalde.
Där schdällde sich als Härr Gossinsgi vor
Un fragde nachm Reiwrhaubdmann Moor.
Wie där nu ran gam, fink dr junge Mann
Von seinr gansn Lähmsgeschichde an
Un meende, daßr gar nischd liewr wär,
Als bei Moorsch Garln ä Reiwrvolongdär.
Dr Haubdmann wollde ärschd nich ran an Schbägg.
Da brummde Schweizer: «Schiggn doch nich wägg!
Dän genn mr bei dr Bande fein gebrauchn,
Ich gloobe, där dud gud fiersch Handwärk dauchn.»
«Na scheen», schbrach Moor, «mr wolln uns einverleim
Un sein Nam' uff de Midgliedslisde schreim.
Dann wärchdr morchn mid bei unsrm Rummel,
Ich mache jädds noch a gleen Solobummel.
Mir liechd vom Ahmdbrod äwas schwär im Magn,
Wahrscheinlich gann ich geen Gaggau verdragn.»
Druff schdrolchde Garle seidwärds ford im Dunkln.
Wie's zwälfe schlug, da härdr äwas munkln
Un gans genau vernahmr ooch de Worde:
«Gomm, aldr Mann, ich bin an deinr Forde!
Habb geene Angsd, dein beesn Hunger schdill ich
Mid ännr Biggse gondensierdr Millich.»
Un aus ä Dorm groch ä Geribbe raus,
Das nubbelde voll Gier de Millich aus.
Dr Haubdmann gnibbsde seine Daschenlambe –
Da schdand sei eechnr Vadr vor dr Rambe!
Där sagde, daßr gar nich wär geschdorm,
Franz häddn eingeschbärrd in Hungerdorm.
Wild schoß Moorsch Garle dreimal in de Lufd
Un brillde: «Wär jädds schläfd, där is ä Schufd!»

Druff gam de gansn Reiwr angerannd.
Garl gabn schnäll de Scheißlichgeed begannd.
Dann haddr Schweizern drzu vorbeschdimmd,
Daß där sein Brudr beim Schlaffiddchn nimmd
Un ranschleefd bei de Bande fier de Rache.
Druff blähgdn alle: «Fäsde, das wärd Sache!
Där wärd gemalchrd, bisr laud dud brilln,
Zum Schlusse grichdr Golerabazilln!»

VII.

In ähm dersälm bächrahmgohlschwarzn Nachd,
Da is Moorsch Franze bläddslich uffgewachd
Un machde durches ganse Haus Graggehl
Erschroggen gam sei Diener Daniel
Gleich angelaadschd un fragde nachm Grund.
Franz brillde: «Gwassle nich, du dummer Hund!
Gedreimd habb'ch eeglhafd verriggdn Gram
Von lauder Dodn, die aus Gräwern gam.
Die blähgdn alle mir de Zunge raus
Un rannden los diräggd uff unser Haus.
Nich wahr, mei Daniel, da muß mr lachn?
Mänsch, feigse doch drzu aus Hals un Rachn!
Was schdierschde mich dänn so bedäbberd an,
Wie so ä gleenes Gind dn Bobanzmann?»
«Endschuldchnse nur giedichsd, Härr von Moor,
Mir gommd das alles gar nich gomisch vor.»
So meende Daniel un wurde blaß.
Da schimfde Franz uffs neie los: «Ach was!
Här uff mid dein Aldmännerangsdgefauche,
De Dreime gomm beganndlich ausm Bauche!»
Druff goßr sich ä großn Gonjagg ein.
Gaum glorgsde där in seine Gorchl nein,

Schmiß Franz äs Glas wägg un schrie: «Häärschde das?
Da draußn is was los, mr weeß nich was!
's gomm wälche angeschbränkd mid Feierfaggln –
Härrjehses, wie bloß meine Beene waggln –
Heh – Daniel – de sollsd nich so dumm gloddsn –
Gibb liewrn Schbuggnabb här – ich muß mich goddsn!»
Uff eenmal flogn Schdeene an de Fänsdr.
Franz blähgde: «Hilfe! Jädds gomm de Geschbänsdr
Mit ihre Drillerfeifn aus dr Hälle!
Verrammle alle Diern gleich uff dr Schdälle!»
Da fieln sei Diener Daniel ins Word:
«Härr, 's is zu schbäd – si schdärm schon dn Abbord!»
Wie doll schbrank Franze nach ä Gäsemässr:
«Hier, ränn mr das in Wansd – dann wärd mrsch bässr!»
Endsäddsd fiel Daniel uff alle Viere,
Da schblidderde un grachde schon de Diere,
Un gurz bevorn dr Schweizer baggd beim Gribbse,
Erdrosselde sich Franze mid ä Schlibbse.
Dr Reiwr schbrach: «So schdand's wohl in mein
Schdärne.»
Dann schoß där brave Gärl sich vor de Bärne.

VIII.

De Reiwrbande war nich sähr endziggd,
Daß Franz sich sälwr ausm Lähm gedriggd.
Se häddn gar zu gärn dn Indrigandn
Rächd scheen gebiesaggd, bisr gink zu Schandn.
Da bläddslich – geenr wußde, wie's geschah –
Gam durchn Wald gesausd Amalija.
De Ringelloggn flogn um ihrn Gobb,
Dichd vor dr Bande machde 's Freilein Schdobb.
«Mei Garl», so biebde se, «jädds habb'ch dich wiedr!»

Un fäsde zog se 'n Haubdmann an ihr Miedr.
«Mach d'ch ford», schrie där, «ich bin doch ä Bandide
Un habb geen Anschbruch mähr uff deine Giede!
Was de hier siehsd, is änne Reiwrhorde,
Mir lähm vom Mausn, 's gam ooch schon zum Morde!»
Amalja schluchzde: «Schadds, das is mir schnubbe.
Gomm, nänn mich wiedr deine sieße Bubbe!
Un schrie de ganse Wäld, de wärschd ä Sindr
Un häddsde zwanzch uneheliche Gindr –
Deswächn därf ä ächdes Weib nich hassn:
Ich liewe dich un gann von dich nie lassn!»
Da ginks durch Garln wie so ä Feierschdrom.
Laud riefr: «Is dänn sowas bloß zu gloom?
Se will mich noch un riggd nich vor mir aus!»
Un dief ergriffn zogr 's Schnubbduch raus.
Da mischdn sich die Reiwr in de Szene:
«Wännde jädds schwach wärschd, Moor, das wär gemeene!
Fäsd bisde durch dein Eid an uns gebundn.
Was brauchd ä Reiwrhaubdmann Goseschdundn?
Seid wann wärd ä Bandid sendimendal?»
Da wurde Garle wiedr hard wie Schdahl
Un rief: «Rächd habbdr, ich därf nich zurigg!
Mir winkd nu eenmal gee Familchngligg.
Ich bin ähmd nich zum Ehemann geborn.
Geh heeme, Bubbchen, laß mich ungeschorn!»
Amalja heilde durchn finsdrn Wald:
«So mache wenichsdns dei Liebchen gald,
Dänn ohne Mann verschrumbld in mir 's Weib!»
Da schdahch se Garl dief durchn Underleib.
Se seifzde dreimal, wie se niederglidd,
Dr alde Moor schdarb zur Gesällschafd mid.
Druff räggde Garl sich färchderlich embor
Un rief: «Aus isses midn Haubdmann Moor!

Ich habbe meine Schuld gedilchd, ihr Briedr,
Nu leeche ich mein Vorschdandsbosdn niedr.
Hier in dr Nähe wohnd ä armes Schwein,
Das nännd 'ne Frau un fuffzn Gindr sein.
Bei die bedärfdchn Leide will ich gehn,
Weil uff mein Deez zweedausend Reichsmargg schdehn.»
Un so hadd Garl mid seiner läddsdn Dad
Sei Härz gezeichd fiersch Broledariad.

Saffo

Dr Härzensgonfliggd ännr Schrifdschdällerin

I.

Es war im aldn Griechenland
De Saffo weid un breid begannd,
Die im Adehner Dagebladd
Fiersch Fellchedong gedichded hadd.
Drum wurde se vom Griechenvolke
Umhilld mid 'ner Vergeddrunkswolke.
Ä jedr rief allmorchndlich:
«Is was von Saffon undrm Schdrich?»
Wie das nu is bei soviel Schmusn,
De Saffo wurde schdolz im Busn.
Zwar ihre Lieder warn melodisch,
Doch 's Freilein sälwer sähr desbodisch.
Melidda, ihre Dienerin,
Die jagde se ofd här un hin
Zum Drugger un zur Säddserei,

Das war weeßgodd 'ne Häddserei!
Bald war de Dichdrin echoffierd,
Se wär nich ginsdich heid bladdsierd.
Dann wiedr wollde se ihrn Nam'
In ännr fäddchern Dybe ham.
Un wänn nu gar zwee Dage lang
Se nich dad in dr Zeidunk brang,
Rief Saffo gleich: «Meliddion!
Loof doch mal nach dr Reddagdzion!
Ich habb ä safdchn Brief geschriem,
Dän gibbsde ab uff Zimmer siem.
Dord fragsde, woran das däd liechn,
Daß ich jädds wärde dodgeschwiechn.
Nadierlich biedsde gleich däm Mann
Zwee Gilo Friehlinkslirigg an.
Un hier dn Sang an Heliodor
Dän lißdn rächd scheen lanksam vor.
Doch meendr: ‹Bin beschäfdichd leidr›,
Dann lißde immr fäsde weidr!
So mach ich's sälwr ooch. Jaja!
Zuwas is so ä Mann dänn da?»
Un Saffo driggde in de Fodn
Dr Bodin änne Nubbe* Odn.
Dann schmisse sich uffs Schässelong,
Melidda lief ins Fellchedong.

Nu war mal in Olymbias Halln
Ä Breis dr Saffo zugefalln.
Se grichde von dr Gunsdinschdanz
Ä riesngroßn Lorbeergranz.
Dadran hink änne rode Schleefe,
Druff schdand: «Fier ginsdlerische Reefe!»

* Eine beträchtliche Anzahl.

Das war ä Deebs in Griechenland,
Wie geenr ward vorhär gegannd.
De ganse Brässe von Adehn
Dad voll von däm Ereichnis schdehn.
Nadierlich wurde ooch zu Hause
In Saffon ihrer Dichdrglause
Zum Einzug alles hibbsch gemachd,
Damid de Breisgegreende lachd.
Dr Rhamnes, was ihr Schklave war –
Där ganndse seid ihrn zweedn Jahr –
Lief, droddsdäm schon sei Riggn grumm,
Bloß eechal midn Schrubbr rum.
Melidda saß uff ännr Läddr
Un bändelde de Dagebläddr.
Da scholln von draußn Jubelrufe,
Drzwischen schdamfdn Färdehufe,
Un Saffo gam mid ihrer Leier
Räddur von dr olymbschen Feier.
Jedoch, wär hädde das gedachd,
Se hadde sich een midgebrachd.
Ä Jinglink warsch, sähr gud gebaud,
Där solldse nänn nu seine Braud.
Durchgeisdichd warer nich geradn,
Doch haddr wundrhibbsche Wadn.
De Dichdrin schdälldn ooch gleich vor:
«Hier Faon, dän ich mir ergor!
Vor allen Männern mir gefielr,
Där dadellose Fußballschbielr.
Nu wärdr lähm bei uns im Dahl
Als eirer Saffo ihr Gemahl.»
«Hoch Faon», schrien de aldn Griechen,
«Där Saffos Härze dad besiechen!»

II.

De nächsdn Dage gam viel Gäsde
Zum frehlichen Verlobunksfäsde,
Wo Saffo hield ä großes Mahl.
Da gab's zu dun fiersch Bärsonal!
Dr Rhamnes rollde Fässr an,
Hink andn Schbieß de Ochsn dran,
De Mähchde machdn dausnd Gleese
Un gochdn Gullasch un Gegreese.
Das war ä Riehrn un Läffelfuchdln!
Melidda bug zwee Zändnr Buchdln,
Un droddsdäm rief de Saffo schon
Erneid durchs Gichendelefon:
«Mir hamm nischd mähr zum Gaffee, Gindr!
Ihr baggd zu lanksam, machd geschwindr!
Ich schigg ä Bodn nach ä Weilchen,
Där hold de frischn Gäsegeilchen.»
Gurzum, was ooch de Gochgunsd schaffd,
De Gäsde hamms in Schlund geraffd
Mid ännr Gier un ännr Hasd,
Als häddnse ä Jahr gefasd'.
Drzwischn sangnse Dafellieder
Zu Saffos Ruhme immer wieder.
De Dichdrin schdrahlde un war sählich.
Doch Faon mobbsde sich allmählich
Un gam sich in dän Jubelgor
Gans eenfach iewrflissich vor.
Drum schdahlr sich vom Mahle wägg
Naus nach ä hibbschen Gardnflägg.
Da sahkr bläddslich mid Vergniechn
Im Gras ä großen Gärbis liechn.
's Fußballerhärze dadn lachn
Un schon mußdr sich driewer machn.

So gabr sich 'ne Schdunde lang
Schdill feigsnd hin sein Schbordlrdrang.
Uff eenmal härds äwas wimmern:
«Um mich dud sich gee Mänsch begimmern!»
Dr Seifzr gam links aus ä Schubbn,
Drin dad Melidda Gänse rubbn.
Härr Faon ließ sein Gärbis liechn
Un gam in Schubbn neingeschdiechn.
Dord fragdr: «Nu, du gleene Maus,
Was siesde dänn so draurich aus?»
Dadruff schbrach sich Melidda mundr
Vom Härzen all ihrn Gummr rundr:
Se hädde sich im gansn Lähm
Noch mid geen Gärl nich abgegähm,
Doch eens, das wißde se genau:
's doochd nischd, wänn änne gluhche Frau
Än Mann sich nimmd, där wenjr weise,
Dänn dann gehd schief de Ehereise.
Druff dadse noch zu Faon meen:
«De Gindr, wännse noch so gleen,
Sie märgns nur zu balde raus,
Bisd du mal nich dr Härr im Haus.
Soll an ä Ehegligg was dran sin,
Muß de Frau dimmer als dr Mann sin!»
Hieruff hadd Faon gans endziggd
Meliddan an sei Härz gedriggd.
Wie rächd se hadd, voll Freide fandr.
Da deendes: «Wolldr ausenandr!»
Un vor dr Schubbndiere schdand
De Saffo wie in Ärz gebannd.
Schdumm zog se Faon mid sich ford
Un schbrach dann zu'n ä ärnsdes Word.

III.

De Eifersuchd, de Eifersuchd,
Das is 'ne schwarze Deifelsfruchd!
Nu warse mid ihrn gifdchn Bliedn
Ooch Saffos Ginsdlrhärz beschiedn.
Drum schdärzde sich de Dichderin
Wie doll in ihre Arbeed rin.
Doch, wie das manchmal dud bassiern,
's gam eenfach nich zum Gonzibiern.
De Saffo lief an alle Orde,
Wo sonsd se fand de Dichderworde,
Schdiech uff de Beime, uff de Fälsn,
Dad sich am Määresschdrande wälsn,
Umsonsd, vergäblich, eenerlei,
De Gonzäbbzion gam nich herbei.
Un gans gegniggd vom Gunsdbankrodde
Schlich se bedriebd in ihre Grodde.
Dord rief se durches Delefon:
«Hier Saffo! Du, Meliddion,
Loof schnäll mal ins Archiv un hole
Draus de Novälle von där Dohle.
(De weeßd schon, die zur Härbsdsässong.)
Die schaffsde här im Schdurmesschridd.
Bring ooch de Fliechengladdsche mid!»
Melidda brachdes angedragn
Un mußde dann de Schnahgn jagn.
(Dänn ä Inseggd un ä Genie
Verdrächd sich ja beganndlich nie.)
De Saffo awr griff zur Schäre,
's Schrifdschdällern fläggde bläddslich sähre.
Wie fimf Minudn warn vergang,
Dad färdch äs Manusgribbd schon brang.
De Iwrschrifd hieß jädds «De Grähe»,

Damids nich so begannd aussähe.
Un wiedr froh un gudr Dinge
Rief Saffo: «So, mei Gind, nu schbringe
Ford uffs Adehner Dagebladd!
Ich habb fier heid de Arbeed sadd.»
Dann schmisse sich uffs Schässelong,
Melidda lief ins Fellchedong. – –
Nach ännr Schdunde gam se wiedr
Un schlug drbei de Oochn niedr.
De Saffo rief erschdaund: «Nanu!
De Redaggdzion war wohl schon zu?
Wie mid Befrämdn ich da sähe:
De bringsd ja wiedr mid de ‹Grähe›!»
Melidda schbrach: «Ach, Herrin mein,
De därfsd mr drum nich beese sein:
Scheen grießn soll'ch vom Redaggdär
Un ob das nich de ‹Dohle› wär?»

IV.

Ämal war Faon eingeschlafn.
Als Saffo das nu sah, da drafn
Ä griddscher Bligg von seiner Braud,
Die gärn sei Innres hädd durchschaud.
Se beichde sich zum Jinglink nundr,
Da wurde där ä häbbchen mundr,
De Oochn haddr noch halb zu
Un seifzde: «Ach, Melidda, du!»
Da raffde Saffo hoch ihrn Mandl
Un sausde, wie von 'ner Darandl
Geschdochen ford in ihre Grodde,
Zu briedn iewr ä Gomblodde.
Dann ließe nach Meliddan rufn.

Un gaum erschien die uff dn Schdufn,
Da schbranks dr Saffo in de Oochn,
Wie hibbsch die heide angezochn.
De Dichdrin zog 'ne Faldnschdärne
Un sagde: «Gind, ich habbs nich gärne,
Wänn sich ä junges Dink wie du
So anbuddsd wie ä Gagadu.
Das machd geen gudn Eindrugg nich
Un wärgd wie eene uffn Schdrich!»
Melidda meende: «Deire Frau,
Ich weeßes awr noch genau,
Daßde ärschd girzlich hasd befohln,
Ich solld mir näddre Gleedr holn.»
Doch Saffo iewrhärde das
Un sagde weider: «Mädchen! Was
Muß ich dänn sähn da an dein Hals?
Ä Liewesfand doch jedenfalls!
Von wäm is die Gorallengädde?
Von Faon haßdse – hah – ich wädde!»
Un nach Meliddas Gorchl hin
Griff wudendbrannd de Dichderin.
De Gleene schbrach: «Nimm hin mei Lähm!
Die Gädde duh ich dir nich gähm.
Fäsd bleibdse um mein Hals gerammeld,
Wo Faon se hadd drangebammeld,
Als mir beim Rangdewuh so scheen
Vorm Deseisdämbl dadn schdehn.»
«Das is zu viel», rief Saffo aus
Un zog ä Dolch zum Busen raus.
Melidda wollde Hilfe rufn,
Da schdärmde Faon ruff de Schdufn.
Un bläddslich wurde's Saffon glar,
Daß jädds se de Blamierde war.
Dänn wänn 'ne Braud im Zorne dobd,

Fihld sich ä Breidjam gleich endlobd.
So warsch ooch hier. Dr Faon schbrach:
«Wie gud, daß noch vorm Hochzeidsdahch
Dei wahres Bild ich dorfde schaun,
Vor dir ganns een ja färmlich graun!
Was niddsd dei Ruhm im Dagebladd?
Ich habbe de Verlobunk sadd!»

V.

Doch wänn nu jemand wolld vermudn,
Jädds leesd sich alles uff im Gudn,
Där däde sich gar sähre ärrn.
Dänn hindr Saffon ihrer Schdärn
Da zuggdn beese Racheblidds e
Un 's ganse Freilein schdand in Hiddse.
Drum winkde se sich Rhamnes ran,
Weil där se gannd' von Gindsbeen an.
Där sollde noch in dieser Nachd
Vollfihrn, was Saffo ausgedachd.
Das war ä greilich schwarzer Blan:
In ännr Buchd, da lag ä Gahn,
Un Rhamnesen dads nu obliechn,
Meliddan in dän Gahn zu griechn.
Dann solldr in ä främdn Land
De Gleene säddsn an dn Schdrand.
Das wär nu beinah ooch gegliggd.
Doch da gam Faon angeriggd,
Grad, als Melidda von däm Aldn
Am Beene wurde fäsdgehaldn.
De Gleene rief: «Habbd Dank, ihr Geddr!
Das glabbd ja großardch mid mein Reddr!»
Un dadruff dadn sich wie Ochsn

Dr Rhamnes un dr Faon boxn,
Bis daß am Bodn lag dr Alde
Un Saffos Uffdrag von sich lallde.
Die beedn ließn eenfach liechn,
Sin schnäll dann indn Gahn geschdiechn
Un ford ginks in de Färne naus.
Dr Rhamnes awr groch ins Haus
Un rief: «Zu Hilfe! Alle här!»
Die beedn gondln uffn Määr!»
Druff gam mid ännr Gichenlambe
De Saffo rundr an de Rambe.
Se hadde bloß ihrn Schlafrogg an
Un brillde, wasse brillen gann:
«Härbei, ihr Bärcher, schnäll, nur schnälle!
Hold mir das Baar zurigg zur Schdälle!»
Un zwanzich Gähne fuhrn vom Lande,
Zu haschen de Verräderbande.

VI.

Darieber warn viel Schdundn nu vergang.
De Saffo lief am Uferrand endlang
Ä Schdiggchen här, ä Schdiggchen wiedr hin,
De Oochn in ihrn Obernglase drin.
Da endlich rief se: «Rhamnes, gugge da:
Es gommd ä schwarzes Binkdchen jädds uns nah!»
Dr Alde schbrach: «Ei ja, Gebiederin,
Ich gloobe, du hasd Rächd, das wärnse sin.»
Dann dauchdn noch viel andre Bunkde uff.
De Saffo rief durch's Schbrachrohr: «Fäsde druff!»
Un schließlich leechde an de gihne Flodde.
«Hurra, mir hammse», schrie de ganse Rodde.
Härr Faon ward zur Dichderin gefihrd,

De Hände fäsd mid Bindrich eingeschnierd.
Meliddan haddnse vor ihre Oochn
Ä aldn schwarzn Männerschdrumb gezochn.
Un Saffo guggde beede lange an,
Bis se sich uff ihrn Ginsdlrruhm besann.
Se mußde: wie du jädds behandelsd die,
Gommd nach dein Dod in de Biografie.
(Un was de Nachwäld meend, is nich so ohne,
Willmr behaubdn sich hibbsch uff sein Drohne.)
Drum machde Saffo änne scheene Geesde
Un sagde dann: «Mei liewr Faon, weeßde,
Mid uns zwee beeden, das wär nischd gewordn,
Das säh'ch jädds ein und laß dich drum nich mordn.
Un ooch Meliddan soll nischd widrfahrn,
Se is ja noch ä halbes Gind an Jahrn.
Mein Sähchn zur Verlobunk habbdr gärne –
Nu machd eich awr ford naus in de Färne!»
Un gaum war dies baddehdsche Word geschbrochen,
Da gam 'ne große Wälle angegrochen.
Die nahm de Saffo sich zum Obfr här
Un drehde se im Wärbl nein ins Määr.
De Griechen härdn se noch äwas rufn,
Drum sausde eener nundr an de Schdufn,
Där dann ihr läddsdes Word verginnded hadd:
«Bringd rächd scheen groß – mei Bild – im Dagebladd!»

Gabale un Liewe

oder:
De deedliche Limonade

I.

«Jädds habb ich's sadd», schrie Miller,
«So ä Major, was willr
Mid unsrer Dochdr machn?
Das wärn mr scheene Sachn!»
«Härrjeh», schbrach seine Alde,
«Nu sädds dich awr balde
Un fang nich mid dein Gnaadsch
Gleich frieh schon an beim Laadsch! *
Ich weeß schon, daß Luisn
Du een hasd zugewiesn:
Dn Worm, dn Seggredär.
Als wänn das eener wär
Fier unser schmugges Mädel!

* Leipziger Ausdruck für Kaffee.

Da habb ich mähr im Schädel.»
«Das war ä Widds», rief Miller
Un lachde mid ä Driller.
«Im Schädel hasde gar nischd,
Drin is nischd un drin war nischd.
Un gurz un gud, dn Härr Major
Dän lass'ch von jädds ab nich mähr vor.
Gaum war das Word geschbrochn,
Da gam dr Worm gegrochn.
Där fragde, wie's Luisn gehd,
Die'n hädd so sähr dn Gobb verdrehd.
Un de Frau Millern biebde,
Was sonsd däm Härrn beliebde,
Das solldr gärne ham.
Doch zu ännr Madam
Wär ihre Dochdr ausergorn
Un dazu häddse se geborn.
«Greizhimmeldonnerwäddr!
Das wärd ja immer näddr!»
So fluchde Miller greilich.
(Däm war ähmd gar nischd heilich.)
Druff bad dr Worm dn Vadr warm,
Daß där'n Luisn lechd in Arm.
Wild brausde uff dr Musigus:
«Nu Mänsch, das is doch gee Genuß,
Wänn mr sich dud an Vadr wändn!
Das machd mr mid sein eechnen Händn.»
Woruff dr Worm sich färbde fahl
Un wiedr nausgroch zum Loggal.

II.

Am Nachmiddag um fimfe
Da schdobbdn fleißich Schdrimfe
De Muddr un äs Mädchn
Mid Nadl un mid Fädchn.
Uff eemal schrie Frau Millerin:
«Luise, gugge doch schnäll hin:
Es hubbd ä Färd de Schdraße ruff,
Ich gloowe, dr Major siddsd druff!»
De Dochdr wurde bleich vor Schrägg,
Disgred verschwand de Alde wägg.
Da flog de Diere uff un schon
War da dr Bräsidändnsohn.
Schnäll schdärmdr uff sei Mädel zu
Un meende gans bärbläggs: «Nanu,
De bisd so blaß, Luise!
Wie gommdn das, du Sieße?»
Un's Mädchn schbrach: «Ach, Färdinand,
Mei Vadr schimfde wudendbrannd,
Weil du so ofde gämsd bei mich,
Das ändede mal färchderlich.
De wolldesd mich ja bloß verfihrn,
Dänn dädsde wiedr abmarschiern.
So wärsch in eiern Greisn ieblich,
Das wär fier Jungfern sähr bedrieblich.»
Da rief embärd dr Jinglink: «Hah!
Fier so een häld mich dei Babbah?
Das is weeßgodd nich scheene
Un beinah schon gemeene.
Där gennd mei Härz noch lange nich!
Drum Mädel, sei nur bange nich:
Wie ooch de Feinde uns umliechn,
Mir haldn durch un missen siechn!»

III.

Dr Worm, von Eifersuchd geblagd,
Is druff zum Bräsidänd gejagd.
Däm haddr alles hibbsch gebäddsd,
Was so bei Millersch los war jäddsd.
Doch Härr von Walder feigsde nur
Un meende: «Worm, du Greadur,
Wie gannsde gloom, daß Färdinand
Dänkd ärnsdlich an ä Eheband!
Där dud das Freilein bloß vergnaggn,
De wärschd se droddsdäm noch einsaggn.
Un schließlich isses doch eechal,
Ob där, ob du äs ärschdemal – –»
«Nu nee», rief Worm, «das wär famos,
Ich zieh nich främde Gindr groß!
Mein Schdammboom will ich sälwr machn!»
Dr Bräsidände mußde lachn
Un schbrach: «Dän Fall hier mid dein Madel,
Dän hasde dächlich doch beim Adel.
Un iewrhaubd un außrdäm:
Mei Sohn, där muß de Milford nähm.»
«Wa?» schdammelde dr Worm bedroffn
Un ließ vor Schdaun de Glabbe offn.
«Nu freilich», schbrach dr Bräsidände.
Dann war de Audiänz zu Ände.
Dr nächsde, där sich mäldn ließ,
War Härr von Galb so zuggrsieß.
Där schdag drin in ä Galagleede
Von bundgarrierder schwärer Seede.
So flogr uff Härrn Walder zu.
Där dachde bei sich: «Glabbsr du!»
Dann machdr'n Galb sein Blan begannd
Mid dr Milford un Färdinand

Un gnibfde gleich dn Uffdrag dran,
Daß in zwee Schdundn jedermann
Im gansn Schdäddchen weeß Bescheed
Von diesr großn Neiichgeed.
«Mid Freidn will ich's alln verginndn»,
Verschbrach von Galb un dad verschwindn.
Un noch 'ne Värdelschdunde lank
Nach sein Barfihm de Bude schdank.

IV.

Vor sein großmächdjn Vadr schdand
Nach ännr Weile Färdinand,
Zu fragn, was dr Härre wollde
Un wasr eechndlich hier sollde.
Dr Bräsidände schbrach: «Mei Gind,
Ich war dir immr giedch gesinnd.
Nur, daß mei Sohn soll gligglich sin,
Schdärz ich mich in Indrign rin.
Fier heide du ich dir befähln,
Dich mid dr Milford zu vermähln.»
Hieruff zog Färdinand ä Flunsch
Un sagde: «Is das ooch dei Wunsch,
Mei Vadr, so du ich erglärn:
Aus där Vergubblunk gann nischd wärn!»
«Warum, wäshalb, wieso dänn nich?
Dei Widrschbruch is lächerlich.»
Doch Färdinand rief: «Geenesfalls
Gommd mir das Weibsbild an mein Hals!
De dänksd wohl, daß ich gar nischd ahne?
Ich weeß, das is 'ne Gurdisane!»
Druff dad dr Vadr sich verschdälln
Un dachd': «Jädds fang'ch mr dän Gesälln!»

Laud riefr: «So gefällsde mir,
Dei Ausschbruch machd viel Ähre dir.
Ne andre wärd dir zugefihrd:
De Osdheim. Die ist unberihrd.»
Uffs neie schrag dr Sohn zusamm:
«Nee, Vadr, die will'ch ooch nich hamm!»
Da lachde laud dr Bräsidänd:
«Ich weeßes schon, wo's bei dir brännd!
De liebsd ä Dink, das bärcherlich.
Doch jädds mach mich nich ärcherlich
Un loof zur Milford uff dr Schdälle,
Sonsd grichsde änne dichdche Schälle!»

V.

Un wärglich is dr Färdinand
Bei Freilein Milford hingerannd.
Dord sagdr dreihärzch: «Hab' de Ähr!
Mei Vadr schiggd mich bei Sie här.
Där will, daß mir wärn Frau un Mann,
Berseenlich liechd mr gar nischd dran.»
De Gurdisane wurde blaß
Un rief: «Wäm sagn Sie dänn das?»
Dann sanfdr: «Sie dun mich sähr gränkn,
Bin geene solche, wie Sie dänkn.»
Druff schbrach se von verarmdr Jugend
Un wie da fleeden gehd de Dugend,
Bis daß geriehrd rief Färdinand:
«Weeßgnebbchn, ich habb Sie vergannd!»
Doch wiesn immer näher riggde
Un gar ihrn Busn bein andriggde,
Da wurdsn angsd, da riefr: «Hald!
Ich bin doch geene Bräßanschdald!

Un iewrichens lieb ich Luisn.»
«So, darum wär ich abgewiesn?»
Schbrach druff de Milford, nich mähr freindlich,
Mr gann schon beinah sagn feindlich.
Dann fuhr se hoch: «Ich wär blamierd,
Jädds, wo's schon in dr Schdadd gursierd,
Wänn Sie mich wolldn siddsn lassn.
Sie *missn* mich als Weib umfassn!
Davon bin'ch nich mähr abzubringn
Un lasse alle Minen schbringn!»

VI.

Bei Millersch da war wiedermal
Ä fărchderlichr Hausschgandal.
Dr Musigus schrie wie besässn:
«Schaffd mir dn Worm här, ich will'n frässn!
Dän niedrdrächdjn Dindenfische
Zerhagg'ch dn Gobb, wänn'chn erwische!»
«Was is dänn bloß bassierd, mei Mann?»
Hub angsdvoll Madam Miller an.
«Frag nich so dämlich, dumme Drine!
Mid deinr bleedn Gänsemiene
Da gloddsde mich nu an bedäbberd.
Häddsde nich neilich so gebäbberd
Vom Härrn Major un von Luisn,
Dann mißdn mir das jädds nich biesn,
Daß Worm de ganse Schweinerei
Dn Bräsidändn brachde bei.
Där wärd gleich härgomm un dann wehe!»
Da schbrank Luise in de Hehe
Un rief: «Jädds gommd mirsch grad so vor,
Als heerd'ch de Schridde vom Major.»

Gans ademlos gam Färdinand
Druff in de Schduwwe neingerannd.
Gaum, daß ä Schduhl sich ranziehn dadr,
Da dauchde ooch schon uff sei Vadr.
Där dad Luisn schwär beleidchn,
Dr Färdinand wolld se verdeidchn.
Das brachde mächdch in Wud sein Aldn,
Drum ließ där gleich dn Schuddsmann waldn.
Där solld' Luisn arrediern
Un nundr uff de Wache fihrn.
«Das leid ich nich», schrie dr Major
Un warf sich uffgerechd drvor.
Dann zu sein Vadr: «Dänke dran,
Daß dich dein Sohn vernichdn gann,
Wännrsch dr Residänz dud zeichn,
Wie du dein Bosdn dadsd erschleichn!»
Dr Bräsidände schbriede Funkn,
Dann haddr 'n Schuddsmann abgewunkn.

VII.

In forchdbar schlächdr Laune saß
Am andrn Dag beim Frihschdiggsfraß
Dr Bräsidänd un rief nach Worm.
Uff dän endlud sich all sei Schdorm.
Doch das war ä gewiggsdr Gunde,
Där midn Deifel schdag im Bunde.
Schon wußdr neie Scheißlichgeedn,
Wie doch zu dränn noch sin die beedn,
Luise un dr Färdinand.
«Dei Blan is gud un indrässand»,
Schbrach druff zum Worm dr Bräsidände.
Dr Seggredär rieb sich de Hände

Un rannde bei Luisn hin.
Die war alleen im Zimmer drin.
Dord haddr se hibbnoddisierd
Un ihr ä Liewesbrief diggdierd.
Där war an Härrn von Galb gerichded,
Was drinne schdand, war frech erdichded.
Gaum war de Undrschrifd vollzogn,
Schob Worm in ä Guwärd dn Bogn
Un lief zurigg zum Bräsidändn.
Där nahm's erfreid schnäll aus sein Händn.
Dann gabrsch Galb, därsch zur Barade,
Wänn dr Major vorbei gink grade,
Aus seinr Dasche mußde faggn,
Daß Färdinand 's grichd einzusaggn.
Un so geschahs ooch. Schräggensblaß
Rief dr Major: «Was is dänn das?»
Wie rammdees'ch liefr dann zu Hause
In seine Junggesällenglause.
Dord ließr Galbn bei sich holn
Un forderde dän uff Bisdoln.
«Mong Diöh, mei Bäsdr, das is Schärz!»
Schbrach Galb, doch globbdn sähr sei Härz.
Dann schlodderdr un glabberdr
Un bibberdr un babberdr,
Daß Färdinand, von Eegel voll,
Laud brillde in sein Jinglinksgroll:
«Machd'ch naus un schwing dich uff dei Färd!
Du bisd ja geen Schuß Bulvr wärd!»

VIII.

Druff, mid däm Schandbrief in dr Hand,
Lief bei Luisn Färdinand.

Die wurde weiß wie frischer Schnee
Un biebde: «Ach härrjehmerschnee!»
Ä forchdbarn Bligg schmiß dr Major
Dann iewrn gansen Gorridor
Un fragde se: «Bisde alleene?»
«Ja», niggde se, un ihre Beene
Die zidderdn un bäbdn sähre,
Als wenn se bläddslich seegrank wäre.
«Hast du dän Brief geschriem, Luise?
Hah! Was verruddschn dir de Fieße!
Wie schuldbewußd dei Ooche schdierd!
Jädds weeß ich's: Ich bin angeschmierd!»
So rief mid färchderlicher Schdimme
Dr Färdinand in wildm Grimme.
Luise wurde immer blasser
Un meende: «Willsde Himbäärwasser?»
Bloß daß se mal ä Grund däd findn
Ä Weilchen wohin zu verschwindn.
«Hm, 's wär mr rächd», schbrach Färdinand,
«Ich habb weeßgodd ä dichdjn Brand.»
Luise gink. Da holdr bläddslich
Mid ännr Miene, gans endsäddslich,
aus seinr Hosendasche raus
Ä Bulver, 's sahk wie Zugger aus.
Un wie se gam, de Limonade,
Da meendr: «Awr die is fade!»
Un schiddede das Bulver nein.
«So», sagdr, «jädds wärds sieße sein!
Gomm, gosde mal!» Druff drank Luise,
Dann sanksn läblos vor de Fieße.
Schnäll läärde Färdinand dn Räsd.
Nu schdand ooch *sei* Verdärben fäsd.
Hibbsch lechdr noch sei Mädchn grade,
De rächde an de linke Wade,

Dann hänkeldr sich bei'r ein,
Bis dasses dad zu Ände sein. – – –
Wie de Verwandtn un Beganndn
Bedäbberd nu das Baar umschdandn,
Da wurdsn mid ä Schaudr glar,
Daß das de große Liewe war.

's Gädchen von Heilbronn

Hisdorisches Schauschbiel von ä Riddr un ä anschdändchn Mädchn

I.

Härr Friedeborn, ä Waffenschmied,
War Vadr zu ä Mädchen.
Das war sähr niedlich uffgeblihd,
Mid Vornam hießes Gädchen.
Nadierlich, wie sich's ooch gehärd,
Warsch Mädel gud erzogn.
Dr Vadr hadde se belärd
Ofd undrm Hausdorbogn.
Da dads nu eenes Dags geschähn,
Daß vor de Schmiede hubbde
Ä Reidr, brächdich anzusähn,
Där sich als Graf endbubbde.
Däm Härrn war jusd gabuddgebladdsd
Ne Schiene an sein Beene,
Drum gamr nu bein Schmied gehaddsd.

Da rief där seine Gleene:
«Heh, Gädchen, du mei Lämmchen,
Schmier fier dn Graf baar Bämmchen!»
Nach fimf Minudn gam de Maid
Mid ä Dablädd geschländerd.
Doch bläddslich – ach du liewe Zeid –
War se doddal veränderd:
Se sank vorm Grafen in de Gnie.
Där rief: «Härrjeh, was hadd dänn die?»
Das war nu'n Vadr sähr fadal,
Drum meendr: «Ach, Härr Wädderschdrahl,
De Mädchen sin, wie das so gehd,
Im Baggfischaldr ofd verdrehd.»
Druff schbrach dr Graf: «Das holde Wäsn
Därf nich so viel Romäne läsn!
Im iebrichen liechd nischd mir dran,
Mich himmeln alle Mädchens an.»
Wie's Grafenbeen war eingeränkd,
Da is dr Reidr fordgeschbränkd.
Was machde unsr Gädchen druff?
Se riß dn Fänsdrwärbl uff
Un faggd' sich nundr uff de Schdraße,
Daß gleich äs Bludd lief aus dr Nase.
Se brachdn se ins Grankenhaus
Un dachdn: «Nu, mid där is aus!»

II.

Doch weil so schnäll dr Mänsch nich schdärbd
Un Ungraud niemals nich verdärbd,
Da wurds mid Gädchen wiedr bässr
Un bald endließ se dr Brofässr.
Schdadd daß se nu gleich heeme gink,

Da goofde sich das junge Dink
Ä Schdrohhud midnr Garnidur
Un folchde 'n Grafen seinr Schbur.
Se fandn gligglich ooch am Rhein,
Dann schlief se in sein Schdalle ein.
So gink das ford 'ne ganse Zeid:
Wo Schdrahl war, war se ooch nich weid.
Un wänn dr Graf se fragde: «Gind,
Nu sage mir mal bloß geschwind,
Warum de mich verfolchsd?» Da weendse
Un schdäds uffs neie dreihärzch meendse:
«Weils ähmd mei ganses Gligg dud sin,
Wänn ich in deinr Nähe bin!»
Doch ach, dr Vadr un de Leide
Die gloobdn nich an diese Freide
Un gonndn sowas ähmd nich fassn,
Daß eene nich von een gann lassn
Un droddsdäm bleim ä braves Mädel.
Das gink nich nein in dän ihrn Schädel.
(So duds ja heide ooch noch sin:
Drächd eene een im Härzn drin,
Gleich rufd de Wäld, bruddal un roh,
Se wollde bloß mal vom – – un so.
Dn Leidn ihre Fandasie
Ruhd ähmd in där Beziehunk nie.)
Un weil nu 's Gädchen nich dran dachde,
Daß se räddur nach Heilbronn machde,
Da hadd ihr Vadr von drheeme
Verbäddsd dn Grafn bei dr Feme.
Dord wurde ooch Gerichd gehaldn,
Doch weil Beweise fähln däm Aldn,
Gonndr nischd machn gechn Schdrahln
Un mußde noch de Gosdn zahln.

III.

Zu Durnegg läbde uff ihrn Schloß,
Umgähm von ä Bediendndroß,
Zwee Gaddsn un ä Hunde
Äs Freilein Gunijunde.
De Dame war schon dreißig Jahre,
Drug uffn Gobbe falsche Haare
Un Schminke brauchde se un Budr
Bro Woche gleich ä ganses Fudr.
Doch wännse ausridd, uffgebuddsd,
Hibbsch ränowierd un zugeschduddsd,
Da warse immr noch zu schaun
Als wie de scheensde allr Fraun.
Un eechal fandse neie Gärle,
Die hieldnse fier änne Bärle.
Verlobd warse schon 's zweedemal,
Da lärndse genn dn Grafn Schdrahl.
Där hadde ihr, galand un nädd,
Im Walde mal äs Lähm gerädd.
Un weil dr Graf ä scheener Mann war,
An däm mähr wie am Breidjam dran war,
Da machde eenfach Gunijunde
Sich frei von ihrn Verlobunksbunde
Un hadd fidel un unschenierd
Mid Wädderschdrahln frech goggedierd.
Där fiel wahrhafdich dadruff rein
Un wolldse uff dr Schdälle frein.
Doch seine Muddr schbrach: «Mei Sohn,
Daß dir nur nich dud Unheil drohn!
Mir isses, als wär Gunijunde
Mid ännr beesn Machd im Bunde.
Se hadd so falsche schwarze Oochn,
Die dun nich fier de Ehe doochn.»

«Na scheen», rief Schdrahl, «ich nähms zu Härzn
Un will mich nich gleich iewrschdärzn.
Mr dun uns ärschd ämal verloom,
De Heirad wärd noch uffgeschoom.»

IV.

Dr zweede Breidjam grichde nur
Mid ä baar Zeiln sein Rink räddur.
In sowas war ja Gunijunde
Bewanderd von ihrn ärschdn Bunde.
Doch Rheingraf Schdein – das war sei Name –
Där dachde: «Warde, meine Dame!
Mich eenfach abzuschiem als wie
Ä Schdigge ausrangschierdes Vieh –
Das lasse ich mir nich gefalln!
Nu sollsde schbiern mal meine Gralln!»
Un schnäll dad Rheingraf Schdein sich sammln
Zwee Duzznd Reidr zum Berammln.
Die solldn um de Middernachd
De Schdrahlburch schdärm, das alles grachd.
Wie se nu undrwechns riddn,
Da gam äs Gädchen angeschriddn.
Das dachde in sein Mädelsinn:
«Nanu, wo wolln die Gärls dänn hin?»
Dann machde sich de brave Gleene
Fier alle Fälle uff de Beene
Un warnde dn Graf Wädderschdrahl:
«Ich gloobe, heide gibbds Schgandahl!
Soähmd gewahrd ich ausn Dunkln
Baar främde Reidr näherschunkln.»
Druff dad dr Graf mid Zornesrasn
In sei gewaldches Dudhorn blasn,

Damid de Gnächde wurdn mundr
Un sausdn in dn Burchhof nundr.
Dr alde Goddschalg voll Humor
Zog änne Schärblgisde vor.
Gaum gam dr Feind nu angeriddn,
Da dadr dän drmid beschiddn,
Daß hoch sich alle Färde beimdn
Un schleinichsd wiedr'n Schaubladds reimdn.

V.

Weils nu dn Rheingraf nich gelang,
De Gunijunde einzufang,
Da rächdr meichlinks sich von hindn
Un dad äs ganse Schloß anzindn.
Das gam dr Durnegg in ihrn Hasse
Uff Gädchen grade sähr zubasse.
Se meende so rächd sauersieße:
«Gomm, Härzchen, mach dich uff de Fieße
Un loof mal in de Gämenade.
Dord holsde schnäll aus meinr Lade
Äs Bild vom Grafn Wädderschdrahl.
Vergiß ooch nich äs Fudderal!»
«Ja gnädches Freilein, ich brings raus»,
Schbrach Gädchen un verschwand ins Haus.
«Nu so ä Bleedsinn», rief dr Graf,
«Jädds rännd das gleene gude Schaf
Bloß wächn dir nein in de Flamm!
Du mußd weeßgodd ä Vogl hamm!»
Biggierd schbrach Freilein Gunijunde:
«Was mährd se dänn 'ne Värdelschdunde?
Se gonndes längsd schon hamm gefundn,
Dann wärsche gligglich wiedr undn.»

Druff mid ä färchderlichn Grachn
Dads ganse Schloß ä Hobbsr machn
Un glabbde wie ä Gardnhaus
Zusamm. «Nu isse fuddsch, de Maus!»
Frohloggde in ihrn sindchn Härzn
De Durnegg bei däm Glirrn un Schdärzn.
Uff eemall da geschah ä Wundr:
Aus Schudd un Drimmern schdiech gans mundr
De Gleene un schbrach mid Vergniechn:
«Äs Gädchen is nich dodzugriechn!»

VI.

Ä jedr weeß, daß bei ä Brand
Dr Ruß sich säddsd uff Gobb un Hand.
So warsch nadierlich ooch bei Gädchen,
Drum gink ins Bad äs gleene Mädchen.
Wie se nu frehlich bläddschernd mandschde
Un lusdich im Bassäng rumblandschde,
Da sahk se driem an ännr Gwälle
Ä scheißlich därres Weibsgeschdälle,
Das rannde ford mid wildm Saddse
Un hield de Hände vor de Fraddse.
Äs Gädchen war vor Schrägg gans blaß
Un dachde: «Nu, wär war dänn das?»
Nadierlich warsch de Gunijunde,
Die badede dord mid ihrn Hunde.
Gans außer sich war die vor Wud
Un schrie nach Gädchens Lähm un Blud.
Se had sich midn Goch beradn,
Där machde grade Haggebradn.
Dän wußdse schändlich zu verfihrn,
In Gädchens Gaffee Gifd zu rihrn.

Zum Gligge gam dr Schwindl raus,
Schdrahl schmiß dn Goch zum Dämbl naus.
Un's Gädchen dadr schdill verbärchn,
Damid's de Braud nich gonnd erwärchn.
Die ließr in däm Wahne drin,
De Gleene däd 'ne Leiche sin.
De Durnegg feigsde hehnisch druff
Un lechde neie Schminke uff.

VII.

Gurz vor dr Hochzeid gink ämal
Bei seine Braud Graf Wädderschdrahl.
Un weilr nu bald Ehemann,
Da globbdr vorhär nich ärschd an.
De Gunijunde saß vorm Schbiechl
Un mährde in ihrn Schminkediechl.
Dr Zobb, där hink am Fänsdrgreize,
Dr Busn un de andrn Reize,
Die warn verschdreid in alle Äggn.
De Zähne schwamm im Goldfischbäggn.
Dr Graf, uffs deedlichsde erschroggn,
Dad wie gehäddsd ins Weide soggn,
Lief dreimal durchn gansn Barg,
Bis daß de Närvn wiedr schdarg.
Dann riefr 's Gädchen bei sich här,
Befahl, weil morchn Hochzeid wär,
Da solldse sich rächd niedlich machn
Un anziehn ihre Sonndagssachn.
De Gleene gämfde midn Drähn
Un schbrach: «Dei Wille soll geschähn!
Muß morchn danzn ich un lachn,
Befiehlsd du's, liewer Härr, wills machn.»

Am andrn Morchn, welch Gewärche:
Dr Fäsdzug hold de Braud zur Gärche!
Un uff dn Ruf aus Häroldsmunde
Da mäldede sich Gunijunde
Un baddsich drängelde sich vor
Äs Freilein beis Drombedrgor.
Dr Härold schbrach: «Dich meenmr nich!»
Beis Gädchen wandtr freindlich sich:
«Hier is de richdche Grafnbraud,
Die wärd vom Basdr jädds gedraud!»
Druff brachde unsre gleene Maus
Gee eenzches Schdärbenswärdchen raus,
Bloß in ihrn Oochn, da schdand drin:
«Das gann doch gar nich meechlich sin!»

Judith

de unberiehrte Witwe von Bedulchen

I.

Dr Feldhärr Holofernes war
Ä färchterlicher Mann.
Wie Schweineborschten schtand sei Haar
Am ganzen Gärber dran.
De Oochen, schwarz wie ä Brigett,
Die rolltr hin un här,
Sei Naggen war so schtark un fett
Als wie ä Bärch von Schmär.
De Armschbang' um sein Bizebs rum
Gingn andern glatt um Bauch,
Vor seiner Schtimme Baßgebrumm
Erbäbten Busch un Schtrauch.
Gee Wunder, daß das Urviech bald
Eroberte äs Land.
Meist gam aus Angst vor där Gewalt
Dr Feind von selbst gerannt

Un hielt de Hände hoch voll Schreck,
Weil ä Embeern hat gar geen Zweck.
Bloß eenzich dr Ebräerschtamm,
Där drotzte un blieb färne.
Dm Feldherrn schwoll vor Wut dr Gamm
Un zornrot ward de Schtärne.
«Hah», bläktr gen Bedulchen hin,
«Wie genntr eich erdreisten,
So 'ner Ganone, wie ich bin,
Frech Widerschtand zu leisten?
Na wartet nur, ihr gägge Brut,
Das solltr forchtbar bießen!
Bald laatsch' ich rum in eiern Blut
Vergniecht mit beeden Fießen.»

II.

Nu läbte im Ebräerland
'ne Witwe, jung an Jahrn.
Die hatte in ihrn Eheschtand
Was Gomisches erfahrn:
Geschmickt wie änne Feengeschtalt
War Judith einst als Braut,
Da hat dr Breitcham dämlich-galt
Die scheene Nacht versaut.
Ärscht hubbtr feirich uff se zu
Un gißte se gar sähr,
Dann meentr blätzlich: «Weeßte du –
Bardong – ich gann nich mähr!»
Schmiß sich ins andre Bätte nein
Un schlief in zwee Segunden ein.
So hat's där schlabbe Gärl gemacht
Ä halbes Jahr lang jede Nacht.

Dann schtarbr. Un de Judith schbrach:
«Nu däm heil'ch geene Dräne nach!» – –
Ä Weilchen drug de Witwe schtumm
Noch das Geheimnis mit sich rum.
Dann rief se ihre Dienerin
Mal in dr Dämmrung bei sich hin
Un hatr haargleen ausgesagt,
Daß noch de Jungfernschaft se blagt.
«Nee sowas», rief da Mirza laut,
Gaum daße recht ihrn Ohrn getraut,
«Wie gann das meechlich sin? Däm Mann
Sahk geener das von außen an!»
«Was meenste», schbrach de Witwe driebe,
«Reiz' ich so wenich Een zur Liebe?
Ich grieble egal, ob'ch vielleicht
Was habe, das de Gärls verscheicht.»
Druff rief de Dienerin: «Ich habbs:
Dei Mann, där hatte ähmd ä Glabbs!
Wie gonntr dich verschmähn, du Sieße?
Das war hochgradche Baralise!»

III.

Baar Dage schbäter gam de Rede
Uff das entsätzliche Gedeede,
Das Holofernes iberall
Dad anschtelln wie ä Maskenball.
De Schtädte branntr ab wie Faggeln
Un freite sich am Heiserwaggeln.
Frau Judith schtitzte unverwandt
Dn Gobb in ihre scheene Hand,
Un nach ä Weilchen schbrach se dann:
«Was is denn das bloß fier ä Mann?

Ich ganns nich hehln, sei Massagriern
Dud mir ä häbbchen imboniern.
Eens weeß ich jedenfalls genau:
Där is mal nich zu seiner Frau
So bleedsinnch in dr Hochzeitsnacht,
Wie das mei Alter hat gemacht.»
Dann schriebse an 'ne Ausgunftei,
Ob Holofernes noch is frei.
Ja, hießes. Un mit heiterm Sinn
Schbrach unsere Bedulcherin:
«He, Mirza, back' de Goffer, Gind!
Mir reisen morchen frieh geschwind
Ins Lager niewer bei dn Feind,
Weil mir das sähr rendabel scheint.
Denn ärschtens reizt mich de Beganntschaft,
Un zweetens schontr unsre Landschaft,
Wenn änne Frau in Liebesglut
Freiwillich iberloofen dut.»
«Das ist doch awer Hochverrat»,
Schbrach Mirza, die das ärchern dat.
Druff Judith: «Geene Schbur, mei Mädel,
Ich schbaltn hinterhär dn Schädel.»

IV.

Nacht warsch. Vom schwarzen Himmelszelt
Hing wie 'ne Guller in de Welt
Dr blutche Vollmond. Alles schlief
Schon seit baar Schtunden fest un dief.
Bloß Holofernes nahm noch leise
Ä Fußbad nach gewohnter Weise.
Da rief de Wache: «Halt! Wer naht
Geschbenstich dort uff dunklem Fad?»

«Frau Judith mit 'ner Dienerin,
Dr Mirza, änner Wienerin.
Is Holofernes schon zu Bätte,
Den'ch gerne gleich geschbrochen hätte?»
«Da haste wärklich Schwein, du Scheene,
Dr Feldhärr wäscht sich noch de Beene.»
Dann gink dr Wächter nein ins Zelt
Und hat sein Chef dn Wunsch beschtellt.
«Härr», riefr aus, «ä Weib gommt an,
Wie's nie ä hibschres gähm je gann.
Zwee Oochen hatse drinn im Gobb,
Da danzt ä Männerhärz Galobb.»
«Na scheen. Gieß ärscht de Wanne aus,
Dann fiehr' de Dame nein ins Haus!»
Wie Judith nu vorm Feldhärrn schtand,
Fand där se ooch sähr indressand.
«Was willste denne, sießes Gind?»
So schbrachr, gar nich rauh gesinnt.
De Witwe, sonst nich gleich befang',
Vergeblich nach ä Worte rang.
Un Holofernes hat gedacht:
Was unsereens fier Eindruck macht!
Dann brilltr: «Also nu allong,
Setz' dich bei mich uffs Schässelong!»
De Judith nahte sich mit Zagen
Un draute sich's nich abzuschlagen.
«Heh, Schklave, was zu frässen här!»
Da schbrach de Witwe: «Danke sähr,
Ich hab zwee Bämmchen noch bei mir,
Erloobstes, schbachtle ich die hier.»
«Nu wie de willst, mir ist egal.
Doch sag' mir eechentlich ämal,
Wöhär de hast dän Mut genomm,
Bei mich ins Lager neinzugomm?»

Un dreimerisch fing Judith an:
«Weil du, o wunderscheener Mann,
Dn Fraun sollst so gefährlich sin.
Das zog so schtark mich bei dich hin.
Ich war zwar schon ämal vermählt,
Doch das hat wärklich nischt gezählt.»
Da lachte wild dr Holofernes:
«Wenn de nich liem gannst, nu da lernes!»
Un eh de Judith sich's versähn,
Warsch um de Jungfernschaft geschähn.

V.

Wie das beim Manne schtets dut sin,
Sank bald in diefen Schlummer hin
Dr Feldhärr nach vollbrachter Dat
Un schnarchte wie ä Schaufelrad.
De Witwe, als dr Rausch verflogen,
hat sich ärscht wieder angezogen,
Dann winkte se dr Dienerin:
«Weil'ch von dem Gärl besiecht nu bin,
Backt mich uff eenmal änne Wut,
Mei Weibesschtolz schreit nach sein Blut.
Un so im Zornesiberschwang
Will gäbben ich dän Dong Schuang!»
Druff hat äs große Feldhäärnschwert
De Judith wuchtich abgezerrt,
Un nach ä eenzchen forchtbarn Schlag
Dr Gobb ooch schon am Boden lag.
De Mirza hielt de Oochen zu
Un mennte: «Härrin, was bist du
Bloß fier a färchterliches Weib!
Gomm, laß uns flichten!» – «Nichts da, bleib!

Mach uff dein Bombadur, mei Gind,
Un wärch' dn Gobb danein geschwind.
Dän nähmn mr mit als Angedenken.
Hoch uff 'ner Schtange wolln mrn schwenken
Driem in Bedulchen, daß de Griecher
Zum Gamfe schtärm als dabfre Siecher.»

Dadsächlich hat där Gobb bewärkt,
Daß de Ebräer, nei geschtärkt,
Wie wilde Äber ausgerickt
Un alle Feinde ham zerdrickt.
De Judith wurde hoch gebriesen
Un 's ganze Volk lag zu ihrn Fießen
Bloß *ee* Gedanke war ihr greilich,
Se meente: «Mirza, 's wär abscheilich,
Wenn mir där Deifelsgärl vielleicht
Ä schwarzen Riebel hätt gezeicht!»
De Dien'rin schbrach: «Gebiederin,
Nimm nur dei Schicksal ruhig hin.
Dän Jung vergoofn mr – 's is doch glar –
Ä ginderlosem Ehebaar.
Deswächen gibt's gee Wehgeschrei,
Da machn mr ä Geschäft drbei.»

Faust

oder dr gebrällte Deifel

I.

«Nu habb ich's satt», rief Doktr Faust,
«Was hat mei armer Gobb dorchsaust
Nich alles schon fier Schwarten!
In jede Gunst un Wissenschaft
Da habb'ch ä Weilchen neingegafft,
Ich genne alle Arten
Von Lährmedoden, Deorien.
Mr gricht doch mit dr Zeit ä Schblien
Von so viel Glotzen in de Biecher
Un wärd gescheiter nich un gliecher.
Nich änne eenzche Faguldäd
Gonnt' mich bisjetzt befriedchen,
De ganze Universidäd
Schteck'ch an mein Doktrhietchen.
's is een diräkt fadal, wie sähr
Bewundern een de Leite.

Zwar weeßmr schon ä häbbchen mähr
Als so de Dorchschnittsmeite,
Doch gommt mr selber sich bloß vor
Wie ä ganz dämlich-bleeder Dor.
Drum will'ch dän Biechergrämbel lassen
Un mich mit Zauberei befassen.
Dr Schbiridismus lockt mich mächtich.
Ich weeß, de Umwelt die is drächtich
Von lauter Geistern un Dämon',
Die iberall de Luft bewohn'.
Mr muß bloß richtche Worte finden,
Um solches Luderzeich zu binden
Un dienstbar sich die Brieder machen.
Wär das verschteht, nu där gann lachen.
Ich will nur gleich mal nachsähn dort
Im Zäddelgasten nach däm Wort.
Hah, schon gefunden: Schwäxgwägwäh!
Gomm, Geist, hervor in Mänschennäh'!!»
Gaum war de Zauberformel raus,
Gink de Bedrolchumlambe aus,
Un Doktr Faust saß dief im Dunkeln.
Da heertr änne Schtimme munkeln:
«Huh, huh, huh, hullehulle gnax,
Ich bin dr Ärdgeist Minimax!»
Un blätzlich zingeln Feierbrände,
Ä Gärl hebt de Geschbensterhände
Nach Faustn hin, als dädr'n winken
Un läßtse nacherds wieder sinken.
Dr Doktr schließt de Oochen zu:
«Weh mir, wie färchterlich bist du!
Verschwinde, Scheisal, mach' dich naus!»
Doch Minimaxe lachtn aus
Un flanzt sich uffn Globus hin,
Als dädr hier drheeme sin.

Da brillt dr Heinrich: «Schwäxgwägwäh!
Flieh, Geist, jetzt wieder Mänschennäh'!!»
Das half zum Glick, dr Gärl fuhr los
Reduhr nein in dn Ärdenschoß.
Doch hehnisch heerte mr 'n noch sagen:
«Wär geene Geister gann vertragen,
Där därfte ähmd nich ruffzidiern,
Sonst dudr sich vor uns blamiern!»

II.

Um sich ä bißchen zu zerschtrein,
Lud Faust sein Diener Wagner ein
Zu ä Schbaziergang iber Land.
Sowas war schtets sähr indressand
Fiern Famulus, weil där dann immer
Ä Schniezchen von däm Geistesschimmer,
Där Faust umgab, fier sich abgriechte,
Was däm sein Gobb dorchaus geniechte.
Se freiten sich, wie alle Leute
In nei erwachter Länzesfreide
Aus ihrer Buwerzche* sich machten
Un dorch de Wiesen frehlich lachten.
«Ja, so ä Friehling», schbrach dr Doktr
Un wie ä gleener Junge sockte,
«Där wärkt wie Balsam uff de Glieder!
Mr schbierts nach jedem Winter wieder.»
«Wie wohl geschbrochen», meente da
Dr Famulus, «mei Bodagra
Läßt ooch alljährlich bißchen nach
Beim ärschten Fink- un Drosselschlach.»

* Behausung.

Uff eenmal wurden Faustens Oochen
Mangnedisch von was angezoochen.
«Nanu», so rief dr weise Mann,
«Guck bloß dän närrschen Hund dort an!
Där saust schon seit 'ner Värtelschtunde
Um uns zwee beede seine Runde.»
«Nu ähmd», schbrach Wagner, «so ä Vieh
Macht een nerwees, mir gehts wie Sie.
Mr sollte gleich ä Schutzmann holn,
Daß där däm Biest dud's Fäll versohln!»
«Warum nich gar», rief Faust mit Lachen,
«Will mir'n zum Hausgenossen machen.
Gomm, Budelchen, gomm scheen bein Doktr!»
Un mit zwee Gnoblauchsworschtschaln locktr
Dn Geeder an sich mit Vergniechen.
«Da wärn mr awer Flehe griechen»,
So schimfte leis dr Famulus
Un schlich nämhär mit viel Verdruß.

Drheeme schbrach dr Faust zum Budel:
«Nu baß mal uff, du butzche Nudel!
Jetzt leechste dich hibsch uff dei Gissen,
Sonst wärschte wieder nausgeschmissen.
Denn wenn dr Härre griebeln dut,
Geheert sich's, daßes Hundchen ruht.
Nanu, was schtreibste denn de Haare?
Das ist ja 'ne ganz sonderbare
Manier von dir, du Budelvieh!
Nee sowas sahk ich doch noch nie.
Un immer länger, immer breeter
Wie so ä Nilfärd vor mir schtehtr!
Na warte, jetzt beschweer' ich dich,
Du Luder, mir entgehste nich!»
Un Zauberformeln schbrach dr Doktr.

Was halfs? Das Biest ward noch verschtocktr.
Schwubb, reddirierde's hintern Ofen.
Doch dann gam blätzlich vorgeloofen
Ä Jingling mit 'ner Schielermitze
Un meente: «Ei verbibbch, ich schwitze!»
Da lachte Faust: «Das war äs Ganze,
Was rausgam bei dän Budeldanze?
Wer sinse denne, junger Mann,
Damit mr Sie begrießen gann?»
«Ich bin, so wie'ch da vor Sie schteh',
Ä Gärl, där sagt zu alles nee.»
«So so, nun wenn drsch Schbaß macht, Gleener,
Ich sage ja, das find'ch viel scheener.»
Druff dadense schwär disgudiern,
Bis endlich – 's war schon weit nach Viern –
Dr Schieler meente: «Jetzt muß'ch fort.
Doch morchen hier am selben Ort
Verrat' ich dir, wer'ch wärklich bin.
Da wärschte schtaun', das haut dich hin!»

III.

Am nächsten Ahmd globbts an dr Dier.
Ä eleganter Gawalier
Mit Fäderhietchen, Seidenrock
Gommt angehubbt wie so ä Bock.
«Da bin'ch, mei Faust. Nu rate mal,
Wer sich da gästern bei dich schtahl!»
Druff gratztr mit sein Färdefuße
Ä Loch in Boden wie zum Gruße.
Da wurde Heinrich bißchen blaß:
«Dr Deifel also wäre das?
Nu wenn schon, biste eenmal hier,

Zeich' deine Macht un fiehre mir
Mal alles vor an Herrlichgeiten,
Was ich bisjetzt noch mußte meiden.
De weeßt ja, bei so wenich Zaster,
Wie so ä Doktr oder Baster
Verdient, da gann mr sich nischt bieten
An Luxus un an Feez* hinieden.»
Mefisdo feixte: «Awer gärne.
Ich will dich fiehrn in weite Färne
Un dir de scheensten Dinge zeichen.»
Druff dadr'n ä Gondrakt hinreichen.
«De bist so gud un schreibst mal hier
Dein Nam' mit Blud uff das Babier.»
«Nanu», rief Faust, «wie ich das finde!
Warum denn nich mit roder Dinde?»
«Nee, nee, mein Freind, Blud mußes sin.
Ritz' dich ins Been un schreibes hin!»
Dr Doktr dadn dän Gefalln.
«Dobb», schbrach Mefisdo, «nu vor alln
Du dich rasiern, hau dich in Gluft,
Hernachens fahrn mr dorch de Luft!»

IV.

Se sausten flink un immer schnäller
Nach Leibzch in Auerbach sein Gäller.
Dort soffen grade de Schtudenten
Un daden so äs Geld verschwenden,
Das ihre guden Babbas schickten,
Damit se ins Exam' neinrickten.
Laut grehlten se Gommersbuchlieder,

* Amüsement.

Daß bald de Däcke schtärzte nieder.
Faust un Mefisdo, gaum gesichtet,
Warn mit zur Sauferei verflichtet.
Dr Deifel schbrach: «Nu horcht mal druff:
Abscheilich schmeckt hier eier Suff.
Ich will eich andre Sorten schaffen,
Dann grichtr ärscht ä richtchen Affen!»
Druff bohrtr Lecher nein in Disch,
Un jeder zabbte froh un frisch
Sich seine Lieblingsmarke raus.
Das war ä Rummel in däm Haus!
Se gwiekten alle wie de Saun
Un sangn ä Loblied uff de Fraun.
Da matschte eener Wein drnähm.
Sofort dads änne Flamme gähm.
«Das is ä Schwindler», schriense alle,
Un unter forchtbarn Mordsgrawalle
Fiel jeder ibern Deifel här.
(Als wenn das bloß so eenfach wär!)
Mefisdo hatse nur beschbrochen,
Da sinse wieder weggegrochen
Un ham ganz bleede un verwärrt
Sich an dn Nasen rumgezärrt.
Doch Faust un Saddan sin im Boochen
Ber Faß zum Fänster nausgefloochen.

«Das war ganz nätt, mei lieber Deifel»,
Schbrach Heinrich, «awer ohne Zweifel
Däd mir mähr als das Boguliern
Äwas mit Weibern imboniern.»
«Warts ab, mei Freind, das gommt noch dran!
Jetzt gehn mr ärscht ämal mit ran
Zur Hexengiche bei de Gatzen.
Muß sähn, daß die mir nischt verbatzen.

De Alte fuhr zum Schornschtein naus
Un's Jungvieh is alleen zu Haus.»
Wie freiten sich die Biester sähr,
Als Härr Mefisdo gam dahär!
Se danzten rum wie de Abachen
Un machten ganz gemeene Sachen.
«Fui Schbinne», rief dr Doktr da,
Indem'r noch ämal hinsah.
Druff zeichtn hinterm Hexendiechel
Dr Saddan ä dreideilchen Schbiechel.
Drin war 'ne Jungfrau zu erblicken,
Die lag gemietlich uffn Ricken.
Faust nahm den Deifel bei dr Hand:
«Gärl, mach' mich mit däm Weib begannt!
So hat noch geene mich entzickt,
Wärd die nich meine, wär'ch verrickt!»
«Scheen», schbrach Mefisdo, «sollst se hamm,
Ich bring eich beede schon zusamm.»

V.

De Gleene, där Fausts Sehnsucht galt,
War noch nich sächzn Jahre alt.
Drum schbrach Mefisdo: «Weeßte du,
Da gommste nich so leicht drzu.
Die is noch dumm in bunkto Mann,
Versuches mal un schbrich se an!»
Dr Doktr rief: «Wie heeßtse denn?»
«Se dud sich Margarete nenn'.»
An änner Schtraßenecke draf
Dr Heinrich nu das holde Schaf.
«Ach Freilein», meentr sähr galand
Un gißtr ihre Mädchenhand,

«Därf'ch Sie zu'n Däßchen Gaffee bitten . . .»
Doch Gretchen hat'n abgeschnitten
De Rede gurz mit «Nischt zu machen!»
Dr Doktr dat verläächen lachen.
«Mefisdo», schbrachr, «die is schbrede.
De hast schon rächt, so is nich jede.
Doch gann'ch nich frieher Ruhe griechen,
Bis die mir dut im Arme liechen.»

Nu wohnte änne Gubblerin
In Gretchens Nachbarhaus. Dahin
Dad sich Mefisdo jetzt bemihn,
De Alte ins Vertraun zu ziehn.
Frau Marde, so war där ihr Name,
War noch 'ne ganz bassable Dame.
Se hatte mit ihrn Mann gee Glick.
Das war ä richtcher Galchenschtrick,
Soff, schbielte Wärfel un bussierte,
Bis daßr naus in Griech marschierte.
Von da an bliebr hibsch verscholln,
Wie's manche Landser machen solln,
Die uff so billche Art un Weise
Sich dricken von dr Ehereise.
Frau Marde wollte nu bloß gärne
Ä Dodenschein von dr Gasärne,
Damit se gonnte wieder frein.
Doch leider hatte se gee Schwein.
So lief se rum un grämte sich:
Bin'ch nu 'ne Witwe oder nich?
Da drat Mefisdo in ihr Haus.
«Nee, sieht där Mann bezaubernd aus!»
So dachte gleich de alte Schraube
Un zubbte sich gogett de Haube.
Dr Deifel dad'r suggeriern,

Er däd sich fier se indressiern.
Frau Marde schtrahlte voller Wonne
Wie änne frisch brongsierte Sonne.
Von 'ner Fimfzimmerwohnung schbrach se
Un daß so lang alleen schon lag se.
Allmählich fing Mefisdo dann
Von Nachbarsch hibschem Gretchen an,
Un ob sei Freind nich hier im Garten
Das sieße Gind mal därft erwarten.
Frau Marde nickte gärn drzu,
Uff die Art gams zum Rangdewuh.
De gleene Grete schbrach: «Ach Faust,
Wenn mirsch ooch bißchen vor dir graust,
Gelt, eener *muß* dr Ärschte sin!»
Dann gab se sich ihrn Heinrich hin.

Nadierlich hatte de Affäre
Ä Nachschbiel. Gretchen warsch 'ne Lähre
Fiern ihrn Garakter, weilse gärne
Ä häbbchen hoch drug ihre Bärne
Un schief uff andre Mädel schielte,
Mit dän dr Glabberschtorch mal schbielte.
«Ach», schbrach se, «mr soll wärklich nimmer
Verachten solche Frauenzimmer.
Wie mied ich sonst se schtolz im Boochen –
Un nu bin'ch selber reingeflochen.»

Dr Doktr – wie's die Härrn so machen –
Dacht' bald an andre scheene Sachen.
Mr därf de Männer drum nich hassen,
's is Weiberlos: mr wärd verlassen.
Un bläkt de Mitwelt ooch von Sinde,
Wenn mr dann dasitzt mit sein Ginde,
Laßtse nur schnaddern, horcht nich druff,
Die heern alleene wieder uff.

VI.

Mefisdo dibbte Faust vorn Deez:
«Du, Doktr, heite ahmd gibts Feez!
Am Blocksbärch lockt viel Färlefanz.
Na, gommste mit bein Hexendanz?»
«Jawoll, mei Deifel, is gemacht.»
Se sausten zur Walburchisnacht
Dorch Felsgeglifte un Gebärche
Grad mitten nein ins Schwoofgewärche.
Hui, wie de wilden Hexen ritten
Uff Bäsenschtieln aus allen Hitten!
Das war ä Gwieken un Gebrille,
Nich 'ne Segunde schwiech das schtille.
Un immer neies Gor gam schtindlich.
Dm Doktr wurde's schon ganz schwindlich.
Besondersch isr uffn Brocken
Vor änner alten Sau erschrocken,
Druff saß de Baubon voller Runzeln
Un dad nach Heinrich listern schmunzeln.
«Nee so ä scheißliches Benähm»,
Schbrach Faust, «die sollte sich doch schäm'!
Gennt' meine Großemudder sin
Un reckt so fräch ihrn Bodex hin.
Mir bähm* vor Eegel alle Flexen!»
«Nu nu, mei Freind, drfier sins Hexen»,
So rief Mefisdo, där de Alte
Ähmd zärtlich um de Hiften grallte.

* beben.

VII.

«Das hatmr gästern nich gefalln»,
Schbrach Faust am andern Morchen,
«Nu muß ich doch ämal vor alln
In friehre Zeiden horchen.
Laß uns ins glass'sche Alderdum
Zurick, mei Freind, jetzt fliechen,
Will sähn, ob Helenan ihr Ruhm
Mein Anschbruch dud geniechen.
Fiehr' bei de Grazchen mich geschwind,
Bei Barzen un bei Faune,
Ooch mit dr Sphinx, däm hibschen Gind,
Zu bändeln, hätt'ch de Laune.»
Mefisdo gratzte sich dn Gobb
Un dachte: Ich mecht' wissen, ob
Där Gärl je wärd zufrieden sin!
Dän zärrts egal wo andersch hin.
Hätt'ch alles das vorhär gewußt,
Wie där in seiner Forscherlust
Mich rumhätzt wie ä Droschkenfärd,
Bei däm wär'ch niemals eingegährt.
Där gann dorch Gwängeln un Dorwiern
Sogar dn Deifel ruiniern! –
Un richtch, gaum warnse an een Ort,
Da wollte Faust schon wieder fort.
So ging das weiter Jahr um Jahr,
Bis daßr alt un bumblich war.

VIII.

«Na endlich», rief Mefisdo aus,
«Zerfällt das morsche Gnochenhaus!

Nu will'ch bloß schbann', daß nich zuletzt
De Doktrseele noch entwetzt.
Mein isse, mir geheertse an,
Mit Blud hats unterschriem där Mann.
Schon dut sich uff dr Hällengrund,
Hubb, Seelchen, nein in Feierschlund!
Nanu, wo schtecktse denn jetzt wieder?
In welchen Winkel von de Glieder
Hat sich das Luder nur vergrochen?
Bald heert mrsch hier, bald dort noch bochen.
Nu los, gomm raus! Ich fang' dich uff.
Mich fobbste nich, verlaß' dich druff!»
Doch wie Mefisdo grade dachte
Se sitzt im Underleib, da machte
De Seele sich zur Nase raus
Un schwang sich nuff ins Himmelshaus.
«Hah», brillte Saddan wie besessen,
«Hast du denn dein Gondrakt vergessen?
Bedriechen willste mich? Das wäre
Ä Fläck uff agadem'scher Ähre.
Gleich gommste runter! Bist verlorn
Fiern Himmel, mußt im Orgus schmorn!»
De Seele scherte sich nich drum
Un feixte: «Nunquam* gehr' ich um.»

* niemals.

Wilhelm Dell

oder Bolidik un Familche

I.

Dr Dell, das wär a mutcher Mann,
Da gam so bald gee andrer dran.
Schon eißerlich gonnt mr das schaun:
Sei Vollbart war dr Schwarm dr Fraun.
Un von sein Muskeln, von sein Gnochen
Ward weit un breit im Land geschbrochen.
In jeden Schweizer Durnverein
Da lud mr Delln als Mitglied ein. –
Mal gamr an ä See vorbei,
Von dort glang Lärm un Wehgeschrei.
«Was is denn das fier ä Gebrille?»
So fragte Dell. Da warnse schtille.
«Nu los, sagt an, was hats gegähm?»
«Ach», meente eener, «um mei Lähm

Gehts hier. Ich bin vom Feind verfolcht
Un werd' noch heite ahmd erdolcht,
Wenn nich dr Fischer mit sein Gahn
Mich rättet dorch de Wasserbahn.
Der awer färcht' sich vorm Gewitter.
Ja ja, mei Dell, mei Los is bitter.»
«Där Feichling», schimfte Dell embeert,
«Das is doch wärklich unerheert!
Gleich machste flott jetzt deine Wanne
Un bringst de Rättung hier däm Manne!»
Dr Fischer gratzte sich dn Schädel:
«Ich hab ä Weib, fimf Jungs, acht Mädel.
Wer dreizn Ginder hat gezeicht,
Risgiert sei Lähm ähmd nich so leicht.»
«Herrjeh», schrie dr Verfolchte da,
«Dr Feind rickt schon ganz forchtbar nah!»
Druff rief dr Dell: «De Gondel här!
Hubb' nein, Genosse, bläk' nich mähr!»
Un fäste zog där wackre Mann
Mit voller Graft de Ruder an.
Dr Schtormwind fäächte vom Gebärche,
's war ä gefährliches Gewärche.
Doch Dell rief laut: «Drotzalledäm!»
Un fuhr drvon uff Dod un Lähm.
Gaum war de Gondel fortgelänkt,
Da gam'n de Reider angeschbränkt.
«Wo is där Lumich? Gäbtn raus!
Bei wäm vergroch'r sich ins Haus?»
«Bei gar geen», feixten die am See,
«Dort fährt'r in ä Gahn, juchhe!»
«Hah», brillten de gefobbten Reider,
«Där Gärl is futsch, mr genn nich weider!
Doch wartet nur, ihr frechen Brieder,
Jetzt haun mr eier Viehzeich nieder!»

Un mit entsätzlicher Gebärde
Gings iber jede Hammelhärde.

II.

Mr fragt sich nu, wie's meechlich war,
Daß so 'ne wilde Reiderschar
Wie de Verrickten gonnte wieden.
('s war doch gee Griech nich, 's war doch Frieden.)
Das gam dahär, weil ibersch Land,
Vom Gaiser sälwer abgesandt,
Ä grimmcher Vogt jetzt härrschen wollte,
Där Dag un Nacht de Oochen rollte
Vor Falschheet un vor Dirannei.
Där meente: «Was? De Schweiz is frei?
Das woll'n mr ärscht mal sähn, haha!
Baßt uff, jetzt is dr Gäßler da!»
Un uff sein Färde schbränktr rum
Gleich mitten nein ins Bubligum.
Gee Mensch war seines Lähms mähr froh.
Mr schbrach: «Das geht nich weiter so.»
Embeerung schweelte drin im Volke
Wie änne schwarze Wätterwolke.
Flugblätter liefen schtill un schtumm
In Heisern un in Hitten rum.
Drin schtand geschriem, daß in dr Nacht
Ohm uffn Riddli wärd gemacht
Ä Schwur fiersch deire Vaderland.
Von allen Seiten gam'n gerannt
De Männer mit dr Daschenlambe.
Das war ä Graxeln un Geschtambe.
Sogar dr Baster lief mit ran.
(Das is doch nätt von so ä Mann.)

Zum Schwure räckten se de Hände,
Daß bald de Dirannei zu Ende.
Se wollten gämfen wie de Ochsen
Un alle Feinde niederboxen.
Dr Baster meente: «Wenn ich ooch
Soll friedlich sin als Deolooch,
Hier backt mich awer doch de Wut,
Ich riehre mit in Gäßlersch Blut!»
Dr Mond sahk ängstlich ibern See
Un dachte: «Jetzt wärd's ernst, herrjeh.»

III.

Dr Dell war nich mit ruffgestiechen
Zum Riddli, weil'r gee Vergniechen
Gonnt finden an 'ner Ratsversammlung.
«Doch», meent'r, «wenn'r zur Berammlung
Mich gennt gebrauchen, zählt uff mich.
Vor *Daden* drickt sich Wilhelm nich.»
De Häddwich, seine Gattin, freilich
Fand von den andern das abscheilich,
Daß schtets ihr Mann ward hingeschtellt,
Da wo's am schlimmsten is im Feld.
«Ja», schbrach se, «'s fobbt mich ungeheier,
Daß de Gastanchen ausn Feier
Du immer mußt fier andre holn.»
Doch Dell rief: «Heere uff zu gohln.
De gennst mich ja, weeßt, wie ich bin:
De Gamflust schteckt nu eenmal drin.
Das sin so angeborne Sachen,
Dagechen gann gee Mänsch nischt machen.»
De Häddwich gab sich nich zufrieden:
«Dei armes Weib, das gommt hinieden

Aus Forcht un Schräck gar nich mähr raus.
Gaum daß de fort bist ausn Haus,
Da siehtmr schon im Geiste wieder,
Wie de Gefahr schtärzt uff dich nieder.
Dich läßt nadierlich das ganz galt,
Wie unsereen de Angst umgrallt.»
«Ach Häddwich», meente da dr Dell,
«De hast a schwäres Nadurell!
Ä Gärl von meiner Muskelgraft
Wärd nich so rasch vom Dod errafft.
Bis ruhig, riehr' de Haferflocken,
Un laß mich jetzt nach Altdorf socken.»
«Meinswächen loofe», schbrach de Delln,
«Geh hin bei deine Schbießgeselln.»
Da schbrang dr gleene Walder här:
«Babba, mir baßt das ooch nich mähr,
Dn ganzen Dag drheeme sitzen!
Därf'ch mit bei'n Großevader flitzen?»
«Gewiß, mei Gind!» Doch Häddwich grollte,
Weil se das eechentlich nich wollte.
Se nahm ihrn Jingsten an de Brust.
Das war noch ihre eenzche Lust.

IV.

Dr Gäßler hatte in dr Nacht
Sich äwas Zackches ausgedacht:
Ä alten Schiebel nahmr här
(So een drägt heit' gee Mänsch nich mähr),
Dän ließr uff 'ne Schtange schbießen,
Un wär vorbeigam, mußtn grießen.
Nadierlich daden unter Lachen
De Schweizer lieber'n Umwäch machen,

Als daße vor dem Dink sich beichten
Un Gäßlern etwa Achtung zeichten.
Bloß Leite, die friehmorchens raus
Gam'n ausn Obdachlosenhaus,
Die schwänkten ihre Fackermitzen
Un dienerten mit faulen Witzen.
Dän beeden Sibos unterm Hut
Schtiech allemal zum Gobbe 's Blut.
Se fiehlten sich doddal vergnackt
Un hätten lieber eingebackt.
Da gam dr Dell mit Waldern an.
Die dachten iberhaubt nich dran,
Dän Bibbi bloß mal anzugucken,
Geschweiche denn sich vor'n zu ducken
«Halt!» rief där eene Sibo aus,
«Aus eirer Reise wärd nischt draus!
De wärscht verhaftet jetzt, mei Dell,
Nu weeß ich's, daß de ä Rebell!»
Dr gleene Walder bläkte sähr,
Druff rannten viele Leite her.
Un dorch dän Lärm un das Geschrei
Gam ooch dr Gäßler sälbst herbei.
Där grinzte so rächt sauersieße,
Als 'r dn Dell sahk uff dr Wiese.
«Ei, ei», schbrach dr Dirannenhund,
«De bist wohl im Verschweererbund,
Daß de verweicherst dn Reschbekt
Vorm Schiebel, dän ich uffgeschteckt?
Doch weil de so ä guter Schitze,
Mach' jetzt dir deine Gunst zunitze
Un schieß' ohn' Zittern un Gezabbel
Von deines Sohnes Gobb ä Abbel!
Gelingt dir das, dann biste frei.
Nu los, frisch uff zur Schießerei!»

De Leite wurden blaß un bleich.
«Das bringt mei guter Babba gleich!»
Rief Walder in sein Gindergloom
Un schtellte froh sich untern Boom.
Un wärklich – geener hätt's gedacht –
Hat Dell das Gunstschtick fertchgebracht.

V.

Nu wolltr weiter mit sein Ginde.
Da meente Gäßler: «Dell, ich finde,
De hattest noch was andres vor,
Wenn deine Hand ihr Ziel verlor.
Warum denn griffste so in Eile
Noch heimlich nach ä *zweeten* Feile?»
Da guckte unser mutcher Mann
Dn Landvogt mit ä Blicke an,
daß däm vor Schräck de Beene bäbten
Un uff sein Gobb de Haare gläbten.
«De hast mei Lähm gesichert mir,
Drum sag' ich offen jetzt zu dir:
Wenn ich verfählte de Renätte
Un gar mei Gind gedroffen hätte,
Dann hätt'ch mit märderischer Hand
Dn Dod dir in dn Balch gesandt!»
Druff schbrach dr Gäßler, ganz in Schweeß:
«Wie gut, mei Dell, daß ich das weeß.
Damit ich vor dir sicher bin,
Schbärrn wir dich nu ins Gittchen rin!»
Dann winktr seine Gnechte ran,
Die binden Delln, dän braven Mann
Un ham'n dann galt un ungeriehrt
Nein in ä Schtächgahn dransbortiert.

Dr Landvogt hubbte mit an Bord,
So fuhrnse nach dr Fästung fort.
Doch unterwächens gam ä Schtorm.
De Wälln, die schlugen ganz enorm
Ans Fahrzeich ran, das schwach bloß drotzte
Noch däm Gewärche. Gäßler gotzte.
Da meete Garl, dr Schteiermann:
«Mir gomm als Leichen alle an,
Wenn nich dr Dell wärd losgeschnallt
Un rättet uns mit Graftgewalt.»
Dr Vogt befahl, daß mr'n befreie,
Dann ibergab'r sich uffs neie.
Un Wilhelm Dell mit Muskelschtoß
Fuhr nach ä Fälsenschtickchen los,
Das ausn See fidel un froh
Rausragte wie so ä Bladoh.
Nuff schwangr sich im Riesenschritt,
Dr Gahn begam ä mächtchen Dritt,
Drieb schunkelnd weiter uffn Wasser,
Un Gäßler worde immer blasser.
Bei Bronnen hamse notgelandet,
Sonst wärnse färchterlich geschtrandet.
Gaum war dr Landvogt im Gefilde,
Da wurd'r ganz verrickt un wilde,
Schwor Rache Delln mit grimmcher Miene
Un schbrach von änner blutchen Siehne.

VI.

Doch unser Dell, där wußte schon,
Was uff die Dad schteht fier ä Lohn.
Un weil sei letztes Schtindchen drohte,
Nahmr ä Feil aus dr Gommode

Un hat de Armbrust umgeschnallt.
«So», schbrachr, «jetzt mach'ch Gäßlern galt.»
Frau Häddwich heilte hintern här:
«Ach Mann, was is mei Lähm bloß schwär!
Wenn du doch endlich drädst zurick
Von där verwinschten Bolidik!
Mir bibbern färmlich alle Glieder.
Was soll'ch denn machen, wennse wieder
Zur Haussuchung bei mich ran loofen?»
«Verschteck's Bardeibuch hintern Ofen»,
So meente Dell, «un bis nich bange,
Mei Addendat währt ja nich lange.
Ich dräffe gleich beim ärschten Feile,
Dann sock'ch reduhr in Windeseile.»
Beruhigt sagte da de Delln:
«Da gann'ch de Rolle noch beschtelln
Fier heite ahmd.» Dr Dell schbrach: «Scheen,
Ich wärsche nachn Mord schon drehn.»

Bei Gißnacht uffn Hohlwäch dann
Da schtellte sich dr Schitze an.
Und wie dr Landvogt uff sein Färde
Gam angeridden mit 'ner Härde
Von hibschen Mädchen un Vasalln,
Dad Wilhelm Dell sein Feil abgnalln.
Zum Härzen zuckte Gäßlersch Fode,
Druff rutschtr hin, gebackt vom Dode.
Sei letztes Wort war: «Dell, du Schwein!»
Dann fiel dr Leiche nischt mähr ein.

Zwischendurch …

De Jungfrau von Orleang

ä resoluder Backfisch un sei Schicksal

I.

Dr Großagrarcher Dibboh schbrach:
«Gommt här jetzt, meine Mädel!
Ich wälze schon dn ganzen Daach
Ä Blan rum in mein Schädel:
Dr Angelsachse dobt im Land,
Drischt egal blutche Schlachten,
Da is ä schtarkes Eheband
Fiersch Weib nich zu verachten.
Drum soll schon morchen Hochzeit sin.
Nu backt schnell Guchen un haut hin!»
De Margot un de Luisong,
Die bläkten: «Heisa, das is bong!
Jetzt wärn mr endlich Frau genannt,
Dr Ring sitzt an dr rechten Hand!»
De Breitchams schtrahlten ooch nich minder
Un feixten: «Ibersch Jahr gibt's Ginder!»

Bloß Hanne, was de Jingste war,
Die wollte nich vorn Draualdar.
«Mei Bubi», schbrach se zu ihrn Härrn,
«De weeßt, ich hab dich ja ganz gärn,
Doch fäste binden mag'ch mich nich,
Das geht mr eenfach geechen Strich.»
Dr Babba Dibboh rief: «Du Range,
Was schtreibste dich denn da noch lange?
Bis* froh, daß eener um dich freit,
Denn bald verfliecht de Jugendzeit.»
«I lasse nur, ich gann ja warten»,
So schbrach ihr Härr un ging in Garten. –
Da gam ä Bärcher anmarschiert,
Där war ganz heeß un echoffiert.
«Nee», meentr, «'s is bald nich mähr scheene,
Mir bibbern noch vor Schräck de Beene:
So ä Gehätze uffn Markt!
Lastautomobbels ham gebarkt,
De Leite fliehn aus Orleang,
Da wärds een förmlich sälwer bang.
Ich bin wie duddch reduhr gerannt . . .»
«Was haste denn da in dr Hand?»
So fragte Dibboh. «Nu ä Helm.
Dän gab mr ä Zicheinerschelm.
Se meente: ‹Schtilb drn uffn Gobb!›
Un dann verschwandse hobblahobb.»
Hieruff hat Hannchen intressiert
Dän Helm fier sich gleich regwiriert.
Dr Vater schimfte: «So ä Schtuß!
Was där nur wieder einfalln muß!
Ich gann fiern Dod das nich verdragen,
Wenn Mädchens aus dr Art geschlagen.»

* Sächsische Form für «sei».

Dr Bärcher, där das Schtahldings brachte,
Schbrach: «Vader Dibboh, sachte, sachte!
Mit eirer Hanne is was los,
Das märk' ich nich alleene bloß.
Guck doch, wie ihre Oochen gliehn
Un färmlich Feierfunken schbriehn!
Das Gind is gut, das gann so bleim,
Drum därf mrsch nich zur Ehe dreim.
Wer weeß, wer weeß, was die noch macht . . .
Doch jetzt bin'ch miede, gute Nacht.»

II.

Se drollten alle sich ins Bätte.
Bloß Hanne blieb noch an där Schtätte.
Dr Helm, där schtandr wärklich gut,
Viel hibscher als ä Bliemchenhut.
De Jungfrau guckte lange lange
Zum Vollmond nuff am Bärcheshange.
Dann schbrach se: «Morchen muß ich fort.
Adjeh, adjeh, du scheener Ort,
Wo ich de Beime sälwer flanzte
Un frehlich mitn Lämmern danzte.
Das is vorbei fier alle Zeit,
Mich rufts zu Gamf un Griech un Schtreit.
Ich will gee schwaches Weib mähr sein,
Fimf Breise hab'ch vom Schbortverein,
Drum muß ich's jetzt dn Männern zeichen:
De Frau is heite eiresgleichen!
Nach Dändelein schteht nich mei Sinn,
Ich weeß vor Graft ja nich wohin.
Fier mich ganns garnischt Bessres gähm
Als Lager- un Soldatenlähm.

Ich hatte nich umsonst ä Droom
Da girzlich unterm Eichenboom:
Dn Geenich Garl, fier dän'ch so schwärme,
Dän greenten meine Mädchenärme.
Drum bin'ch ganz fäste iberzeicht:
Hoch is mei Ziel, doch 's wärd erreicht.
Un was ooch je gedan vom Manne,
Viel Greeßres noch vollbringt de Hanne!»

III.

Ganz Frankreich war sähr dief embeert
Un fand das eenfach unerheert,
Daß Geenich Garl in geener Weise
Sich machte uff de Feldzugsreise.
Där gab bloß egal deire Feste,
Lud viele Drubadurs als Gäste,
Un jedesmal, wenn ä Denor
Recht schmalzich sang 'ne Arie vor,
Hing Garl, vor Riehrung blaß un schtumm,
Däm Mann 'ne goldche Gette um.
Mit Schräck gewahrtens de Minister
Un meenten unter sich: «Nu wißtr,
Wenn där so weiter dut verschwenden,
Dann wärd das sähre beese enden.»
Da nahm sich eener mal ä Härze
Un schbrach: «Ach Majestät, o schtärze
Doch nich in Schtaatsbankrott dei Land,
Halt wen'cher offen deine Hand!»
Da mußte Garl dr Siemte lachen:
«Wär wärd sich denn so schwär das machen?
Vor Sängern laß ich mich nich lumben,
Un wenn's nich ausreicht, mißtr bumben!»

In däm Moment trat frehlich ein
Ä greeßerer Gesangverein,
Die schtimmten an «Schtill ruht dr See»
Un brachtens bis zum hohen C.
Nadierlich langte voller Ruhe
Mei Garlchen wieder in de Druhe,
De allerletzten Edelschteene
Die schmißr vor de Musensehne.
Froh ham die sich drnach gebickt,
Dann sinse wieder abgerickt.

IV.

Schon schtand dr Feind vor Orleang,
Da gam de Hanne schtolz gegang',
Scheen warse wie 'ne Amazone,
De Brust schwoll jedem Galliersohne.
«Haha, ihr draut eich wohl nich vor?
Das is mr ja ä nettes Gor!
Guckt mich an, ich bin bloß ä Weib,
Doch mutich rick'ch dm Feind vorn Leib!»
Druff schwangse änne weiße Fahne,
De andern folchten wie im Drahne.
Se brauchten nich ämal zu schießen,
Dr Gegner floh uff Schlodderfießen.

«Heil Geenich Garl!» so rief dr Bote,
Jetzt isses Siechen große Mode!
De Hanne Dibboh fiehrt de Drubben,
Dr Feind dat ins Verdärm neinhubben,
Dod schwimmtr drin in dr Loar,
Nu gloobs nur, Geenich Garl, 's is wahr!»
«Dadsächlich?» fragte Garl dr Siemte,

«Von woher gommt denn die beriehmte
Heerfiehrerin so uff ee Mal?
Das is ja wärklich golossal!»
Druff ließr nach dr Hanne schicken,
Um där erfreit de Hand zu dricken.
Doch vorher meentr unter Lachen:
«Mir woll'n ä Jux mit Hannchen machen!
Graf Dünoa, mei lieber Sohn,
Gomm, setz' dich uffn Geenichsdrohn.
Wahrscheinlich sieht das Mädel dann
Dich fier dn Härrscher Frankreichs an.»
De Hanne gam. Ihr Ooche flammte.
«Was is denn das fier 'ne verdammte
Gomödche? Wolltr mich vergnacken?»
Un graftvoll dat se'n Grafen sacken:
«Mach d'ch nunter schleinichst, Dünoa!
Du un ä Geenich? Hahaha!»
Dr Hofschtaat schbrach mit Beifallsbrumm':
«Alla bonnöhr, die is nich dumm!»
De Hanne drat uff Garln jetzt zu:
«Bongschur, mei guter Geenich du!
Mich hats schon immer so gedauert,
Wie du vom Feinde wärscht umlauert.
De bist nu mal so weech von Härzen
Un dust nich gärn in Griech dich schtärzen.
Mir aber macht das garnischt aus,
Ich schtamm' ja aus ä Bauernhaus.
Drum war'ch so frei, dei Heer zu fiehrn,
S' dut dich doch sicher nich scheniern?»
«Äja», rief Geenich Garl voll Freide,
«Ich war dr nämlich grade bleide.
Das glabbt famos mit eiern Siechen.
Jetzt wärn mr wieder Zaster griechen!»

V.

Gaum warn de Extrablätter raus,
Daß Frankreich siechte in däm Schtrauß,
Gab's großen Grach beim Feinde driem,
Ee Schtamm dat's uffn andern schiem.
«De ganze Schuld drägt bloß Burgund,
Dorch dän gam England uffn Hund!»
So schimfften de Bridannier grimmich.
Dr Dalbod meente: «Ei verdimmich,
Das missen ja Hanaken sin,
Die änne Frau jagt vor sich hin!»
«Ihr seid doch sälwer mit geflohn,
Drum haltet's Maul un laßt dän Hohn!»
«Ach Gwatsch, bei eich hat's angefang',
Zuärscht seid *ihr* reduhr gegang'!»
Da schbrach de alte Isaboh:
«Das war Blamahsche gomm il foh!
Die lassen mr nich uff uns sitzen,
Ich sälwer will voran eich flitzen!
Was driem de Jungfrau hat vollbracht,
Das gann ich ooch, das wär gelacht.»
«Um Himmelswilln, erlauchte Frau,
Das Ding geht schief, ich weeß genau»,
Rief ganz entsätzt dr Leionel,
Un ooch dr Dalbod meente schnell:
«Seit Ihr hier rumlaatscht, Geenichin,
Is unser ganzes Griechsglick hin.
Dut uns de eenzche Liebe, bitte,
Un macht eich fort aus unsrer Mitte!»
Beleidicht zog de Alte weiter,
De Feldhärrn wurden wieder heiter.

Zum Angriff ging's am nächsten Dage.
Doch Hanne ibersah de Lage.
Wie Mitternacht war angebrochen,
Gam dr Franzose leis gegrochen.
Ärscht als'r drin in Feindesreih'n,
Da fing'r forchtbar an zu schrei'n:
«De Jungfrau gommt, hibb hibb hurra!
Da biste baff, Bridannia!»
Im Nu warsch Lager angebrannt
Un alle sin drvongerannt.
Dn Gobb verlor äs ganze Heer,
Gee eenzcher lief zur Feierwehr.

VI.

De Hanne hatte, gamfgeschwellt,
Härrn Leionel ä Been geschtellt.
Se driebn in de Enge nein
Un lachte: «So, jetzt biste mein!»
Se fochten dabfer nu druff los.
Beim ärschten färchterlichen Stoß
Fiel Leionel dr Helm in Dreck.
Da backte Hanne jäher Schreck.
Se schtarrte in das Mannsgesicht
Un meente: «Flieh! Dir du ich nischt.»
Denn ach, so sähr se ooch sich wehrte,
Daß nie ihr Härz ä Gärl geheerte,
Hier wurdes Hannchen deitlich glar,
Daß se ähmd *doch* ä Weibsbild war.
Dr Feldhärr rief: «Wo denkste hin?
Ich will von dir verschont nich sin.
Gomm, deede mich un dilch de Schande,
Daß mich ä Mädchen niederrannte.»

«Nee, nee, mich hat de Graft verlassen.
Du Lumich, gennt' ich dich bloß hassen!»

Ganz diefsinnch setzte sich de Hanne
Druff unter änne Edeldanne.
Se schtitzte 's Gäbbchen in de Hand:
«O je, ich bin zum Feind entbrannt!
Mei Härz, was hubbste denn so schnell?
Ach du verflixter Leionel.
Wie gann ich noch de Fahne schwenken,
Wo'ch egal an dän Gärl muß denken?!»

VII.

Was half's, daß sich de Jungfrau zierte?
Dr Geenich Garlchen gommandierte,
Daß vornewech beim Greenungszug
De Hanne ihre Fahne drug.
Se nahmse ooch, doch ohne Freide,
Un schielte schichtern-bang beiseite.
Zum Fest gam sähr viel Bubligum,
Das schtand nu da un glotzte rum.
Ooch Babba Dibboh un de andern
Vom Därfchen machten sich ans Wandern.
De Margot un de Luisong,
Die schtiechen gleich uff ä Balgong,
De Schwiechersehne un dr Alte
Erwischten änne Mauerschbalte,
Dr Bärcher, där dn Helm einst brachte,
Saß uff ä Denkmal druff un lachte.
Bloß Hannes friehrer Härr, där Dreie,
Schtand eenfach in 'ner Mänschenreihe.
De Schwestern schtrahlten vor Vergniechen

Un daden sich dn Hals verbiechen.
«Wenn mr bedenkt, die Schtolze, Scheene
Das war nu ämal unsre Gleene!»
So meentense recht laut un glar,
Damit's ooch andern heerbar war.
Dr Babbah Dibboh ganz allein
Schwiech schtille bei däm Hurraschrein.
Dann aber brach sei Zorn sich Bahn:
«Mei Gind wär' heilich? So ä Wahn!
Die hat'm Deifel sich verschworn,
Där hat das Balch sich ausergorn.
Schon als ä winzichgleenes Mädel
Da schbukte drin in där ihrm Schädel
Ä Gohl, 's war manchmal gaum zu gloom.
Un nächtlich unterm Zauberboom
Da hat se oft sich hingegauert.
Wer weeß, woruff se da gelauert!»
Da schbrach zur Jungfrau leis dr Geenich:
«Nich wahr, dei Babba gennt dich wenich?
Verteidche dich un sag's dn Leiten,
Du dust nich fier dn Deifel schtreiten.»
Doch Hanne schwiech. Druff rief dr Alte:
«Nu sähtrsch, wie ich Recht behalte?»
Denn ach, de Gleene dachte gar,
Daß das mit Leionel schon war
Ihrn Babba alles wohlbegannt.
Da hat sich von ihr abgewandt
Entristet s' ganze Bubligum.
So gamse um ihrn Nimbus drum.
Ja, ja, ä uffgereechter Vader
Dobt schlimmer wie dr Ätna-Grader.

VIII.

Von Geenich Garlchen ward bestimmt:
«Dr Jungfrau wärd gee Haar gegrimmt!
Zwar muße ausn Lande flichten,
Doch malchern * därfmr se mitnichten.»
So lief de Hanne uff dr Flucht
Durch änne finstre Waldesschlucht,
Als von dr andern Seite blätzlich
Mit Hohngefeixe ganz entsätzlich
Gam Isaboh mit ihrn Soldaten.
Das war nu ä gefundner Braten
Fier die. Gefesselt ward de Gleene
Mit Eisengetten um de Beene.
Zum Glick erfuhrn's bald de Franzosen.
Die schtärzten sich in ihre Hosen
Un schnallten um un sausten wild
Uffs neie los ins Gamfgefild.
Das gab ä gräßliches Gedimmel!
Vor Bulverdampf war schwarz dr Himmel.
De Hanne wurde schtreng bewacht
Von Isabohn. Un als de Schlacht
Zu Frankreichs Gunsten hin sich neichte,
Erschrak de Geenichin un zeichte
Dr Jungfrau wild ä Dolch un schrie:
«Verliern mir, bist ooch *du* berdih!»
Da rief dr Wächter ohm vom Durm:
«Frau Isaboh, jetzt gehts zum Schturm!
De Unsern ham dn Feind umzingelt,
Nu isser schon ganz eingeringelt.
Dr Geenich Garl fiel ähmd vom Färde
Un sitzt bedäbbert uff dr Ärde.»

* quälen.

Wie grinste da recht schadenfroh
De färchterliche Isaboh.
Frech hehnte se de gleene Hanne:
«Loof hin, mei Deibchen, hilf däm Manne!
De schwärmst doch so fier Garlchen, nich?
Warum denn läßtn heit' im Schtich?»
Da schbrengte Hanne ihre Getten
Un sauste fort, um Garln zu retten.
Frau Isaboh war ganz berblex
Un schrie: «Jetzt rennt die *doch* zum Rex!!»
De Jungfrau schtärmte frisch drufflos,
Schwang hoch ihr Schwärt zum Angriffsschtoß.
Begeistert folchten ihre Scharn,
Die oochenblicklich Siecher warn.
Was machte sich de Hanne draus,
Daße verwundet in däm Schtrauß!
Denn so ä richtcher Backfischschwarm
Hält noch im lätzten Schtindchen warm.

Romeo un Julia

Drauerschbiel von ä verhinderten Bärchen

I.

Da unten in Idalchen warn
Ämal zwee Grafenheiser,
Die lagen egal sich in Haarn
Wie ä baar Bullenbeißer.
Dr eene Graf hieß Gabbulädd
Un Mondagu dr zweete,
Uffs Gämfen mitn Griegsflorett
Warn scharf se alle beede.
Dr Haß war schon hisdorisch bald,
De Ahnhärrn machten ooch sich galt.
Nadierlich schteckt solch Wieten an
Wie änne beese Seiche.
De Dienerschar drum, Mann fier Mann,
Begämfte sich uffs gleiche.
Un Geilerei un Mordsschgandal
Gabs däglich zähn- bis zwanzichmal.

Gaum drafen zwee sich uff dr Schtraße,
Da zogense 'ne lange Nase
Un bläkten sich de Zunge raus,
Dann brach ooch schon äs Raufen aus.

Graf Mondagu besaß ä Sohn,
Där Romeo sich nannte.
Seit verzn Dagen groch der schon
Ganz diefsinnch rum im Lande.
De Locken gämmtr sich nich mähr
Un wusch sich gaum de Hände.
So laatschtr schwär verdeest umhär,
Als ginge's bald zu Ende.
In jeden eenzchen Babbelboom
Da ritztr in die Rinde
Dn Namen von sein Sehnsuchtsdroom,
Dr sießen Rosalinde.
Das Freilein war wie Eis so galt
Un ließ sich nich erweechen,
Drum dad dr Schmärz so mit Gewalt
Sich uff dn Jinglink leechen.

II.

Dr andre Graf, dr Gabbulädd,
Där hatte änne Dochter,
De Julia, die war sähr nett
Von Angesicht, drum mocht'r
Se gärn vermähln rächt balde schon,
Damit'r gricht ä Schwiechersohn.
De Mudder un de Amme nu
Die schbrachen Julian dichtich zu,
Daß Baris se zum Manne nimmt,

Weil das dr Babba so beschtimmt.
De Gleene awer rief: «Nur sachte!
Erloobt schon, daß'ch mrn ärscht betrachte,
Damit'ch nich in mei Unglick schbringe
Un hinterhär de Foten ringe.»
Druff lud Graf Gabbulädd viel Gäste
Fiern Sonntag ein zum Bockbierfäste.
Da schbrach dn Romeo sei Freind:
«Du, horche mal, wie mir das scheint,
Gibts hibsche Bubbchen dort in Massen,
Das wolln mr beede nich verbassen.»
Doch Romeo war iberzeicht,
Daß geene Rosalinden gleicht.
Na, schließlich gamr doch mit nuff
Bei Gabbulädds zum Bockbiersuff.
Nadierlich gingr dief masgiert,
Damit'n geener schiganiert.
Denn in däm Haus ä Mondagu,
Där hätt' nich zwee Minuden Ruh'.
Dän dädense zum Zweigamf fordern
Un 'nein ins Grankenhaus beordern.
Wie Romeo sahk Julian,
War Rosalinde abgedan.
Ich Ochse, dachtr bei sich drin,
Wie gonnt ich nur so dämlich sin
Un mich bloß wächen Rosalinden
Zu ä Schgelette abzuschinden!
Gee Graachen baßt mähr an mein Hals,
Doch jetzt freß'ch wieder Biomalz!
Dann dratr uff de Julia zu,
Un balde warnse schon ber Du.
Se danzten flott bis frieh um drei,
Bis daß dr Rummel war vorbei.
Wie nu de Jungfrau schlafen ging

Un noch ihrn Zobb vorsch Fänster hing,
Da heerte se im Flisterdon
Im Garten lisbeln Romeon:
«Gomm, sießes Weib, erschein' uff dr Veranda!
Dei Jinglink harrt in biddrer Liebesbein.
Fier dich nur macht mei Härze Brobaganda,
Un jeder Värsch, den'ch dichte, där is dein.
Du holdes Gädderbild, erheer mei Flehn!
Laß nich dein Romeo als Glabbser schtehn.»
Voll Seelichgeet hing Julia
Ihrn Gobb weit ibersch Gidder da.
Se schworn sich Dreie gleich fiersch Lähm.
(Ei Goddverbibbch, das gann was gähm!)

III.

Wie Romeo am andern Morchen
Sich Zigarädden wollt' besorchen,
Da war ä Ufflauf vor däm Laden,
Weil sich zwee Gärle gambeln daden.
Als näher hinguckt Romeo,
Isses sei Freind Mergudio
Un Dibald, Julias Gussäng,
Die boxen sich uff däm Derräng.
Dr Romeo versucht in Giete
Zu dämfen dän ihr Gamfgewiete.
Da bläkt dr Dibald voller Hohn:
«Du Bimbelhans, du Muddersohn!
So schwach un feich zu sin wie du,
Das gann ähmd bloß ä Mondagu!»
Dann dringtr uff Mergudion ein
Un schbießtn dief ins Zwärchfäll rein.
Där ruft noch aus: «Mei Romeo,

Ich schtärwe ja nu sowieso
Un gann mich nich mähr rewangschiern,
Drum mußt *du* Dibald massagriern!»
«Gemacht», meent da dr Mondagu
Un drischt voll Rachbegierde zu,
Bis dr Gussäng von Julian
Sein letzten Seifzer hat gedan.
Doch gaum, daß dieser Mord begannt,
Ward Romeo ooch schon verbannt.
Wie heilte Julia, seine Flamme!
Da hat de brave dicke Amme
Dn Bostillion damuhr gemacht
Un noch mal scheen zusammgebracht
Die beeden drin in Julias Gammer.
's warsch letzte Glick vorm Drennungsjammer.

IV.

Wie sich das Baar noch zärtlich liebte,
Geschah's, daß laut ä Vochel biebte.
Erschrocken rief dr Romeo:
«Ich wär' ooch meines Lähms nich froh!
Gaum daß'ch mei Haubt bei Julian bärche,
Da schmättert schon de ärschte Lärche!»
«Ach Schatzi», meente da sei Mädel
Un gißtn mitten uffn Schädel,
«Das war doch bloß de Nachdigall,
's is ja noch finster iberall.»
«Nee, nee, mei Meischen, gloob mrsch nur,
De Sonne gehrt schon bald reduhr.
De Lärche warsch, das falsche Vieh,
Un unsre Nacht is nu berdih.»
Da globbtes an dr Diere schon.

«Heh, fort! Gefahr droht Romeon,
De Mama gommt!» So rief de Amme.
Schnäll rutschte an ä Fichtenschtamme
Dr Jinglink ausn Fänster nunter
Un gam drvon wie dorch ä Wunder.
Druff trat bei Julian ans Bädd
Ganz nah de Mudder Gabulädd.
«Nanu», so schbrach se sähr erschtaunt,
«Wie haste denn hier rumrasaunt?
Hast wohl gedreimt rächt doll un wild,
Weil so de Gissen sin zergnillt?»
Dann meentse: «Gind, jetzt horche druff.
Dr Babba schickt mich bei dich nuff.
Där will, daß dich dr Baris freit
Am Donnerschdag, 's wärd heechste Zeit.»
Doch Julia rief voller Schrecken:
«Da will'ch doch liewer gleich verrecken,
Als daß'ch dän Fatzken bei mich lasse
Un gar als Eheweib umfasse!»
Inzwischen trat dr Alte ein.
Där fing vor Zorn laut an zu schrei'n:
«Du undankbares Balch, schweich schtille!
De nimmst dän Mann, das is mei Wille!
Un wenn de nich gehorchst, du Riebe.
Da gibt's de scheensten Vaderhiebe!»

V.

Erschrocken dief so dorch ihrn Vader
Lief Julia bei ä frommen Bader.
Där war sähr von ihrn Schmärz geriehrt
Un schbrach: «Ich hab dich gonfirmiert,
Drum will'ch eich helfen, liebes Gind.

Hier, nimm die Bulle hin geschwind!
Drin is scheindeedlicher Gagau,
Dän drinkste aus, doch mache's schlau
Un unbemärkt! Beim Morchenrot,
Da biste scheinbar mausedod.
Dann gommste in de Gruft dr Väter,
Dei Romeo befreit dich schbäter.»
De Julia rief: «Das is ja fein!»
Gink heeme, soff dän Drank, schlief ein. – –
Un in dr Frieh vom nächsten Dage
Da gam beim siemten Glockenschlage
De Amme hin an Julias Bädde.
«Wach uff, mei Deibchen, Juliette!
Dr Hochzeitsdag is angebrochen,
Drum aus dn Fädern rasch gegrochen!»
Doch bletzlich sahk mr voll Entsetzen
De Amme nach dr Diere hetzen.
Bruch, schmisse 'n ganzen Waschdisch um,
Daß alle Biggsen rollten rum.
«Zu Hilfe! Wälche große Not!
De Braut is futsch, de Braut is dod!»
Bedäbbert schtanden se nu da
Ums Lager von dr Julia.
De Musiganten, die sich schon
Gefreit uff ihre Freßborzion,
Die wurden wieder abbeschtellt,
Un schimfften ibern Loof dr Welt.
«Da siehtmrsch nu», schbrach dr Bassiste,
«Vorm Dode niemals sicher biste.»
Dr Geicher meente druff: «Nu ähm,
Wer weeß, ob morchen mir noch lähm.
Un schbieln mr manchmal noch so heiter,
De Schtunde gommt – da geht's nich weiter.»

VI.

Ä beeser Zufall wollte nu,
Daß Romeo nich gam drzu,
Dn Brief vom Bader abzufang'.
So isser nach dr Schdadt gegang'
Un las dort in ä Extrablatt,
Was Gabbulädds bedroffen hat.
«Hah», riefr in sein' Härzensweh.
«Jetzt sag ich *ooch* dr Welt Adjeh!»
Druff liefr mit erhitztem Sinn
Gleich bei ä Abodeger hin.
«Mänsch», brilltr'n an, «verschaff mr Gift,
Das grandiert mich deedlich drifft!»
«De bist wohl närrsch?» schbrach da där Mann,
«Nee, nee, mei Freind, das geht nich an.
Da gomm ich doch ins Giddchen nein . . .»
«Zwee goldche Ringe hier sin dein,
Wennde mir Gift gibst, alter Gnabe,
Weil ich's so sähre notwendch habe.»
So drängte Romeo uffs neie.
Das zog. Gaum daßmr zählt bis dreie,
Dat schon där Mann ä Fläschchen filln
Mit Drobben, die den Gummer schtilln. – –
Im Erbbegräbnis hat bei Nacht
Dorchs Gift sich Romeo umgebracht.
«Brost, meine sieße Julia!
Nu bin'ch dir balde wieder nah.»

VII.

Gaum war dr Jinglink richtich dod,
Da meente Julia: «Sabberlod!

Jetzt bin'ch dadsächlich uffgewacht!
Das hat dr Bader gud gemacht.
Doch von däm lang' Baradeliechen
Da dut mr mächtchen Hunger griechen.
Ich gäbe sonstwas fier ä Bämmchen!»
Da blätzlich unterm Lambenflämmchen
Sieht voll Entsetzen Julia,
Wie Romeo sitzt als Leiche da.
«Du Beeser, warum dadste das?»
Rief da de Maid, wie Galk so blaß
«Nu gann ich ooch gleich weiter schtärm,
Uff Erden habb'ch nischt mähr zu ärm.»
Dann schtaach se sich mit Romeos Dolch.
«Ich gomme nach, mei Härzensstrolch!»

Voll Riehrung schbrach am Dodenbädd
Dr Mondagu zum Gabbulädd:
«Ja, ja, de Ginder, die sin hin.
Laß uns nich länger Feinde sin!
Mir alten Esel sin fierwahr
Ä unvernimftches Greisenbaar.»
So reichten schließlich sich am Ende
De beeden Babbas ihre Hände.
Se daden zur Daberna glettern
Un dort een' nachn andern schmettern.

Durandod

oder de besiechte Emanzibierte

I.

In China, wo dr Männergobb
Noch ausleeft in ä Bammelzobb,
Da saß ä Gaiser uff sein Drohne,
Däm seine Dochter war nich ohne
Durandod hieß das sieße Schnuckchen.
Wenn die so aus ihrn schwarzen Guckchen
Dn Männern ins Gesichte lachte,
Blieb geener galt un jeder dachte:
Ei Sabberlot, das Weib hat Feier!
Un jedes Härz schlug ungeheier.
Doch dr Brinzessin ihr Garakter
War leider ä recht sähr verdrackter.
Se wollte absolud geen Mann,
So viel ooch Freier rickten an.
Un um de Werber abzuschrecken,

Da dadse änne List aushecken:
Drei Rätsel gabse jedem uff,
Die warn so schwär, 's gam geener druff.
Un alle Brinzen, alle Grafen,
Die nich de richtche Leesung drafen,
Die ließe gebben gurzerhand
Un fand das ooch noch sähr scharmant.
De Heibter wurden hibsch gesammelt,
Bro Schtick dann an ä Schbieß gerammelt
Un vorn am Schdadtdor uffgeschtellt
Als Warnung fier de Männerwelt.
Was halfs? Durandod war so scheen,
De Gebberei, die schreckte geen'.
Schtets sahk mr neie Ridder nahn
Ber Audo un ber Eisenbahn.
De Leide warnten ängstlich alle,
Doch jeder lief noch in de Falle.
Durandod – nee, war die bloß roh –
Schbrach gwietschvergniecht: «Mei Gobbdeboh *
Is wärklich ä famoser Schbort!
Dr Nächste bitte ran zum Mord!!»

II.

Da gam vom färnen Sachsenland
Baul Gunze zum chines'schen Schtrand.
Där sahk Durandods Bild un schrie:
«Das wär' fier Baulchen 'ne Bardie!
Die is mei Dihb, von solchen Oochen
Wurd'ch schon als Junge angezoochen!»
De Leide zeichten uff de Gebbe

* Kopfdepot.

Am Dor un an dr Radhausdrebbe.
«Flieh, Jingling! Flieh von dieser Schtelle!»
«Äja, mir Sachsen sin doch helle!
Se soll nur ihre Rätsel sagen,
Brinz Baul von Borna wärdse schlagen!»
Da drat bedriebt ä alter Mann
Ganz dichte bein Bewerber ran:
«Horch druff, mei Sohn, gehr' wieder um!
Noch zittert nach im Bubligum
Vom letzten Mord där große Schreck.
Geh' nich bein Gaiser, 's hat geen Zweck!»
«Nu grade geh'ch», rief Baulchen laut,
«Durandod wärd ähmd meine Braut!»

Im Schlosse warnse sähr beschtärzt,
Weil schone wieder frischbehärzt
Ä neier Freier sich dat melden.
«Wie schade um die hibschen Helden»,
Schbrach draurich änne Gammerzofe,
Die grade rumschtand uffn Hofe.
Dr Gaiser selber meente ernst:
«Ich rate, daß de dich entfernst,
Solang noch Zeit is, o Brinz Baul!
Bis gluch un schmeiß dich uff dein Gaul!»
Umsonst war alles Flehn un Bitten,
Baul is nich wieder heem geritten.

III.

Am nächsten Morchen feierlich
Versammelte dr Hofschtaat sich
Im großen Rätselratesaal,
Wie das so iblich jedesmal.

Zuletzt drat de Durandod ein.
«Schon wieder will mich eener frein?
's is nich zu gloom, wie die sich jagen,
Das is dr fimfte in acht Dagen!»
Druff feixte Baulchen färchterlich:
«Mein Gobb, Brinzessin, griechste nich!
Ich du nich wie de andern deesen
Un wär schon eire Rätsel leesen.
Gomm, sag' dei labbches Värschen an,
Damit ich's frehlich raten gann!»
«Hah», schrie Durandod, «gägger Gnabe!
Reschbekt vor meiner Geistesgabe!»
«I nu was wärds denn weiter sin?»
So hehnte Baulchen, «mach nur hin!»

«Im Anfang grien,
De Monde fliehn,
's wärd gelb un rod,
Mr ißts zum Brod.»

Brinz Baulchen runzelte de Schtärne,
Dann riefr: «Nu das is de Bärne!»
«Heil Brinz von Borna», brillte da
Dr ganze Hof un schrie «Hurra!»
Das war ä Jubel un Gezabbel,
Denn alle andern rieten «Abbel».
Durandod nur war bleich und blaß
Un dachte: «Nu was is denn das?
Dr Sachsenjingling wärd doch nich
Womeechlich gar besiechen mich?»
Dann gam äs zweete Rätsel dran.
«Ob där das wieder leesen gann?»
So schbrach dr Gaiser vor sich hin
Un gnaubelte nerwees am Ginn.

«'s fliecht iber de Heide
Im schlichten Gleide,
Manchmal mit Gebrille
Un manchmal ooch schtille.»

Brinz Baul zog wieder Denkerfalten.
De Jungen bäbten un de Alten.
Ä Schweichen war wie in dr Gärche,
Da feixte Baul: «Das is de Lärche!»
Druff deenten jauchzend de Fanfarn,
Weil alle ausn Heischen warn,
Daß ooch de zweete Leesung glabbte
Un Baulchens Hirn sich nich verdabbte.
Denn jeder riet bisjetzt drnähm
Un dat als Antwort «Grähe» gähm.
Durandod biß sich uff de Libben:
«Där Gärl umschifft ooch alle Glibben!»
Dr Gaiser rief: «Nu mach, mei Gind,
Sag's dritte Rätsel jetzt geschwind!»

«'s is naß un galt,
Hubbt durchn Wald,
Frißt gärne Fliechen,
Gann's welche griechen.»

Un wieder griebelte dr Freier,
Sei Gobb, där schwitzte ungeheier.
Dann aber brilltr: «'s is de Greete!
Na, habbch nich Recht, du schtolze Schbreede?»
«Heil! Heil!» schrien wie verrickt de Leide,
«Das is ä Dag voll Freide heide!
Dr Brinz von Borna hats geschafft.
Ä Hoch dr säk'schen Geistesgraft!»
Gee eenzcher vorhär brachtes raus,

Se rieten «Frosch» un da warsch aus.
Dr Gaiser rief: «Famos, famos!»
Un nahm gleich Baulchen uffn Schoß.
Doch de Brinzessin, hart wie Schtein,
Schloß sich ins Mädchenstiebchen ein.

IV.

Am andern Dage ließe ginden:
«Baul muß 'ne *vierte* Leesung finden!
Un ich gelobe feierlich,
Gelingtn die, dann grichtr mich.»
Druff brodestierten alle Leide,
Doch Baulchen rief: «Mir machts doch Freide!
Habb geene Angst, mei Bubligum,
Ich drick' mich schon ums Gebben drum!»
Durandod hatte in dr Nacht
Ä neies Rätsel ausgedacht.
«Das leest'r nich», frohlockte se,
Un wie ä Deifel hockte se
In ihrer Sänfte, stiech dann aus
Un schbrach ins dodenschtille Haus:

«'s hat Haare wie Borschten,
Nach Reichtum dut's dorschten,
Im Frässen ä Meister,
Nu rate, wie heißtr?»

Dr ganze Hof war ernst un schtille,
Dr Gaiser butzte sich de Brille,
Un alle dachten: «Jetzt gehts schief»,
Als Baulchen frisch un frehlich rief:
«Das Vieh gann ich bloß selber sin!

Schtimmts, meine Rätselmacherin?»
Durandod nickte ganz verwärrt:
«Schon wieder haste nich geärrt!
Wenn mr bedenkt, von so ä Jung'
Da wärd nu unsereens bezwung'!
Mir is so schwiel – das macht dr Juli . . .»
Dr Brinz von Borna rief ä Guli,
Där hat Durandod abgefächelt,
Bis daße wieder freindlich lächelt.

Das war ä Jubel nu im Lande!
Dr Gaiser heechstberseenlich rannte
Wie so ä Wiesel hin un här
Un drillte feste 's Milidär,
Damit ä jeder Schtadtsoldate
Dn Zobb recht hochschmiß zur Barade.
Am Hochzeitsmorchen nahte Baul
Un fiehrte ä bebackten Gaul.
Där drug 'ne Giste uff sein Ricken.
«Was isn das?» rief voll Entzicken
De Braut un wiehlte mit ihrn Händen
Drin rum, «was duste mir denn schbenden?»
Brinz Baul von Borna schwiech ä Weilchen,
Dann meentr zärtlich: «Gäsegeilchen *.»

* Sächsisches Nationalgebäck.

Genoveva

's Mardirium änner geischen Ehefrau

I.

Dr mutche Falzgraf Siechfried zooch
Zum Gamfe naus ins Feld,
So sähr de holde Gaddin ooch
Drgeechen sich geschtellt.
«Mei Deibchen, das verschtehste nich,
Ä Mann muß gämfen gehn.
Drum heile nich so jämmerlich,
Das schteht dir gar nich scheen.»
De Genoveva schbrach: «Nu ja,
Mir Frau'n, mir ham's ähmd schwär,
Ä Weilchen bleibt dr Mann uns nah,
Dann sacktr Schild un Schbäär,
Un mir nischt dir nischt ricktr aus
Ins Därkenland zum blutchen Schtrauß.» –
Damit nu nich so hilflos ganz

Mußt Genoveva lähm,
Dad Siechfried ihr als Schutzinschtanz
Dn Ridder Golo gähm.
Ach Falzgraf, hättste bloß gewußt,
Was de da angeschtellt,
So dädste nich mit froher Brust
Jetzt wegziehn naus ins Feld!
Dr Golo nämlich war ganz doll
Ins Grafenweib verschossen.
«Ach Goddchen», dacht'r sich, «wie soll
Ich brav un unverdrossen
Beschitzen so ä scheenes Weib,
Wo'ch selber scharf bin uff ihrn Leib?
Was is nu gut? Was is nu schlecht?
Ich weeßes wärklich nich mähr recht.
Isses dadsächlich änne Sinde,
Daß'ch mich so heeß an där entzinde?
Dr Himmel hat nich 's Weib geschaffen,
Daß mrsch von färne soll begaffen.
Was du ich nur? Was mach' ich bloß?
In mir sin zwanzich Deifel los!
Ich muß doch färmlich mal versuchen,
Ob mich äs Schicksal dut verfluchen:
Ä Gläddergunstschtick will'ch vollbring'
Driem an dr Ässe. Dud's geling'
Un schtärz' ich nich zermantscht uffs Flaster,
Dann is berächtigt ooch mei Laster!»

II.

Un wärklich ging das Wageschtick
Ganz glatt vonschtatten. So ä Glick!
«Na also, da gibt's gar geen Zweifel,

Schbrach Golo, «mich beschärmt dr Deifel.
Wär gann mich hindern am Bussiern,
Wänn mir da ohm nischt dad bassiern?
Schon hing'ch mit ängstlicher Gebärde
Frei zwischen Himmel un dr Ärde.
Sogar de Schnärlzche * sin entsetzt
Mit Forchtgebiebe fortgehetzt,
Wiese mich ohm sahn uff dr Ässe.
Das war ä Schtickchen, meine Frässe!»

Doch ach, zu frieh hat sich gefreit
Dr Golo, denn de Sittsamgeit
Von Genovevan war zu groß,
Nie ließn rangomm an ihrn Schoß.
«Hah», dachte wutentbrannt dr Ritter,
Un änne Haßgrimasse schnitt'r,
«Wennde nich gutwillch dich willst fiechen,
Dann wär dorch List ich gleen dich griechen!»
Nu war im Schloß ä dreier Gnecht,
Dr Drago, där gam Golon recht.
«Mei lieber Freind», so schbrachr'n an,
«Nich wahr, du bist ä dichtcher Mann?
Bring mir dafier gleich ä Beweis
Un mache, was ich dir jetzt heiß':
Leech' bei dr Gräfin heite Nacht
Dich untersch Himmelbätte sacht!»
«O Härr», rief Drago unwillgierlich,
«Das ismr awer sähr schenierlich!»
«Ach was, de dust, was ich befahl,
Ich sag drsch nich zum zweeten Mal.» – –

* Spatzen.

III.

Ahmds lief dr Golo froh un munter
In Burchhof beis Gesinde nunter:
«Horcht alle druff, was ich entdeckt:
De Gräfin hält ä Scheegs * verschteckt!»
«Das ist nich meechlich», brillten alle,
«Denn uffn ganzen Ärdenballe
Gann geene Gaddin geischer sin
Als unsere Gebiederin.»
«Gommt mit un iberzeicht eich nur»,
Schbrach Golo, «folcht jetzt meiner Schbur!»
Un leise schlich de ganze Bande
De Drebbe nuff, zu sähn de Schande.
«Was wolltr denne?» rief erschrocken
De Gräfin. Druff hat mit Frohlocken
Dr beese Golo gommandiert:
«Los, alle vor un visidiert!»
Dr Gasber guckte untersch Bätte.
«Hah», brilltr, «das is ja 'ne Nätte!
Wär gauert denn da hinterm Däbbchen?
Gomm' vor, du Schuft! Das gostet's Gäbbchen.»
Eh' Golo noch was reden mocht',
War Drago ooch schon dodgebocht.
Dr Rachegor schwoll immer schtärker:
«Schmeißt Genovevan nein in Gärker!»
«Nu ja», schbrach Golo unter Lachen,
«Da habbtr recht, das genn mr machen.»

* Geliebter.

IV.

Bevor das scheene Weib vermauert,
Dad Golo so, als wenns'n dauert.
«So jung un schon da nein in Dorm,
Das schmärzt mich, Härrin, ganz enorm.
Ä eenzches Gißchen gibmr bloß,
Dann biste frei, dann biste los!»
Umsonst sei Flehn, 's war nischt zu machen.
Da schmiß dr Golo unter Grachen
De Gärkerdiere zu un rief:
«Nu schmor' da drinne fest un dief!»
Selbst dann gannt' gee Erbarm där Mann,
Als blätzlich gam was Gleenes an.
«Laßt nur dän Wärchel gleich mit drin»,
So schbrachr in sein hardn Sinn.
Dr Falzgraf awer wurde jetzt
Durch falsche Gunde uffgehetzt.
Un weil'r Golon blindlings gloobte,
Geriet'r sähr in Zorn un doobte
Sein Grimm in däm Befähle aus:
«Mei Weib muß ausn Lähm glatt naus!
Dr Golo sollse schleinichst morden,
Wenn'ch heeme gomme, grichtr'n Orden.
Un ooch dr Seichling muß verschwinden!
Leer will'ch dn Ginderwagen finden.»

V.

Dr Golo fragte alle Gnechte,
Wer denn das Deeden ausfiehrn mechte.
Doch geener draute da sich vor,
Un schweichsam schtand dr ganze Gor.

Bloß Gasber rief: «Mir ham ä Bleeden
Jetzt unter uns, där gannse deeden.
Där is dr Dad sich nich bewußt,
Dän richt' ich ab uff ihre Brust.»
«Na scheen», schbraach Golo, «is gemacht.»
Un in dn Wald ward neingebracht
De Genoveva un dr Gleene.
Da saßense nu uff ä Schteene
Un guckten all die Männer an.
Ä Bild, das een zu Drän' riehrn gann!
Dr Gasber gab im Hintergrunde
Dm Bleeden noch 'ne Värtelschtunde
Ä Schnellgursus im Zieln un so,
Dann driebr 'n vorwärts mit Hallo.
«Nu los, jetzt giegste», sagtr zum.
Da drehte sich dr Bleede um
Un schtaach sei großes Mässer beese
Dn Gasber selber ins Gegreese.
Druff backte alle jäh ä Schreck,
De ganze Bande sauste weg,
Un Genoveva mitn Jung'
Schtand einsam in dr Dämmerung.

VI.

Dr Mänsch, ungähm von viel Gomfort,
Där ahnt nich, daß im Waldeshort
Sich's ganz gemietlich hausen läßt:
Mr baut aus Moos un Laub ä Näst
In änner Hehle un griecht nein,
Gee Wohnungsamt mengt sich dadrein.
Sein Dorscht, dän schtillt mr an dr Gwälle.
Fiern Hunger wächst an jeder Schtälle

Was andres: Nisse, Worzeln, Bäärn.
Da gann mr egal was verzährn.
Un gradis singt dr Vochelgor
Een' noch de scheensten Schlager vor.
Im Härbste dut mr Vorrat sammeln,
Vorm Schnee de Hehle dicht verrammeln.
So hält mrsch ooch im Winter aus
In so ä Hochwald-Notschtandshaus.
Wenn's wieder länzt in allen Gliften,
Dann mußmr ähmd de Bude liften,
Un wubbdich dreibt dr Friehlingswind
De Moderdifte naus geschwind.
Frau Genoveva un dr Gleene,
Die läbten jedenfalls ganz scheene
Siem Jahre lang uff solche Weise,
Gee Mänsch gam jemals ans Geheise.

Da deente ämal Härnerglang
Ganz ungewohnt dn Wald entlang.
Graf Siechfried un Gnecht Gonrad nahten
Un jagten ä Garniggelbraten.
«Nanu», rief da dr Diener aus,
«Hier guckt ä gleener Junge raus!»
De beeden Männer grochen dann
Uff allen Viern zur Hehle ran.
Da drat de friehre Gräfin vor.
Aus Schreck de Schbrache gleich verlor
Dr Falzgraf un dr Gonrad mit,
Fest angeworzelt schtand ihr Schritt.
Druff lächelte de Genoveva
Sieß wie im Baradies de Eva
Un meente: «Siechfried! Gommste endlich?
Du, dei Verdacht war eenfach schändlich!
Ich hab mich niemals in mein Lähm

Je mit ä andern abgegähm.
Dr Golo hat mich bloß verbetzt
Un alle Leite uffgehetzt.
Doch daß ooch *du* dadruff fielst rein,
Sollt'ch eechentlich dir nich verzeih'n!»
Da rutschte Siechfried uff sei Gnie:
«Vergieb, mei Schnuckelchen! Un nie
Will'ch jemals wieder deine Dreie
Bezweifeln. Mache nur, verzeihe!»
Dr Gleene bat fiern Babba mit,
Un frehlich gings dann heem zu Dritt. – –
Dr beese Golo aber rannte
Wie so ä Duddcher * dorch de Lande,
Zerlumbt sei Wams, zerlaatscht de Schuhe,
Fand närchends in sein Lähm mähr Ruhe.

* Verrückter.

De Hermannsschlacht

oder 's Gamfgewärche im Deidoburcher Walde

I.

De alten Deitschen läbten heiter
Vom Jagen, Saufen un so weiter.
Im scheenen Deidoburcher Walde
Da saustense dorch Moor un Halde.
Gaum ließ ä Wildschwein sich erblicken,
Däm dadense zu Leibe ricken.
Gee Auerochse un gee Bär
Erfreite seines Lähms sich mähr.
Ooch jede Grähe uffn Boom
Die mußte räddungslos dran gloom.
Un gehrten von dr Jagd se heem,
Da floß dr Met in vollen Schtreem.
Sogar de Fraun, die sießen Blonden,
Zwälf Lidder täglich schmettern gonnten. –
Da gam'n in die Gemietlichgeit
De Reemerhorden neingeschneit.

Ee deitscher Volksschtamm nachn andern
Mußt' Varus in dn Rachen wandern.
Färscht Hermann sahk där Sache zu,
Nischt scheichtn uff aus seiner Ruh',
Ließ sich de Riesenbeffschtecks schmecken
Un dad sich uff sei Fäll ausschtrecken,
Als wißtr gar nich, daß im Lande
Sich mausich macht de Reemerbande.
Verwundert warn de Feinde alle.
«Nu Mänsch, hast du denn geene Galle?»
So fragtense Arminius
Un warn voll Ärcher un Verdruß.
Doch Hermann ließ sich nich beärrn
Un nein ins Gamfgedimmel zärrn.
Mit dr Dusnelda, seiner Frau,
Da saßr friedlich drin im Bau.
Vendizius, was ä Reemer war,
Dän lud'r sich zu Gaste gar.
So gams, daß seiner Freinde Mund
Von Hermann schbrach: «Där falsche Hund.»

II.

Dusnelda bloß, die war im Bilde,
Was ihr Gemahl da fiehrt im Schilde:
Där wollt' de Reemer nur vergnacken,
Um sälbst se schbäter einzusacken.
Drum dadr se mit viel Vergniechen
Zunächst in Sicherheet einwiechen.
«Geh», schbrachr zu sein Weib mit Lachen,
«Wärf dich in deine scheensten Sachen,
Damit Vendizius wärd verdreht
Un egal deiner Schbur nachgeht.»

Nu sowas läßt seit Evas Dagen
Ä Weib sich doch nich zweemal sagen!
Bald sahk mr sieß Dusneldan schwänzeln
Un hinterhär Vendizius dänzeln.
Arminius feixte in dr Ecke,
Denn sicher war dr giehne Recke,
Daß nimmermähr sei blonder Schatz
Im Härzen hat fier'n andern Blatz.
Besondersch war dr Reemerschmann
Vom allerärschten Dage an
Ganz närrsch nach Duschens goldchen Haarn,
Die in Idalchen sälten warn.
«O Holde, eene Schträhne nur
Schenk' mir, bevor'ch nach Rom reduhr!»
So flehte manches liebe Mal
Vendizius in Liebesqual.
De Färschtin aber lacht'n aus
Un meente: «Nee, da värd nischt draus!»
Was machte die Ganallche da?
Schlich sich ämal ganz heimlich nah
Von hinten an Dusneldan ran
Un säbelte am Zobbe dran.
«Hah», brillte da de hohe Frau,
«De hast geglaut, ich fiehls genau!
Willste de Locke wiedergähm?»
«Nie», rief Vendizius, «nie im Lähm!
Ich duse gissen jede Nacht,
Bevor'ch de Oochen zugemacht.»
Das hat Dusneldan doch geriehrt,
Drum ward dr Dieb nich arrediert.
Un schließlich – so sin ähmd de Fraun –
Dadse ooch ihrerseits hinschaun
Zum Reemerschmann mit Sehnsuchtsblicken:
Där liebt mich wärklich, welch' Entzicken!

III.

Zwee Dage schbäter drad in Saal
Dr Deidoburch dr Härr Gemahl
Un schbrach: «Nu gucke mal, mei Gind,
Hier bring' ich dir ä Angebind.
Ä Briefchen hab ich abgefang,
Das sollte schtraks nach Rom gelang'.
Absender is Vendizius,
Was drinne schteht, is gee Genuß.
«Zeich här, mei Mann», rief da de Frau.
Beim Läsen ward se zornesblau.
Dr falsche Reemer schrieb dadrin:
«Heil, Romas große Gaiserin!
Ich schicke hier in Backbabier
'ne Locke von Dusneldan dir.
Un ham die Bande mir besiecht,
Dann, Livia, dir zu Fießen liecht
Dr ganze goldichblonde Schgalb.
De Färschtin is ä dummes Galb
Un gloobt, ich liebse. So ä Schtuß!
Hochachtungsvoll Vendizius.»
«Mei Duschen, Gind, was sagste nu?»
Schbrach Hermann in begannter Ruh'.
Da schrie Dusnelda: «So ä Vieh!
Där Gärl schbricht mir von Simbadie
Un heimlich is där falsche Hund
Mit seiner Gaiserin im Bund!
Na warte nur, du Reemerschwein,
Dir brock'ch 'ne scheene Subbe ein!!»

IV.

Ä Weib, von Rachedurscht geschwellt,
Das isses Schlimmste uff dr Welt.
Was die sich ausdenkt im Gehärne,
Reift hinter geener Männerschtärne.
Nu horcht druff un schaudert alle,
Wie gink Vendizius in de Falle:
Dusnelda schbrach zur Dienerin:
«Loof' schleinichst bei dn Reemer hin
Un sage, mei Verlang' wär schtark,
Heit Ahmd, da wart'ch im dunkeln Bark.»
De Botschaft wurde ausgericht'.
Un unser reemscher Beesewicht
Där freite sich schon sähr uffs Gissen,
Dr ganze Gärl war hingerissen.
De Färschtin awer mittlerweile
Lief hin bei ä Dombdeer in Eile
Un schbrach: «Laß mir fier heite Nacht
Dein wildsten Bärn!» – «Scheen, is gemacht.»
Un in dn Bark ward's Biest gelassen.
('s is ähmd gee Schbaß, wenn Weiber hassen.)
Gemietlich gam um Elfe an
Dr hinbeschtellte Reemerschmann.
«Wo biste denn, mei sießes Gind?»
So flistertr im Abendwind.
Da blätzlich brummt ä diefer Baß.
«Nanu, mei Schatz, was is'n das?
De bist wohl heiser, holdes Bild?
Noch nie nich haste so gebrillt!»
Uff eemal wärds Vendizius glar,
Daß das gar nich Dusnelda war.
Denn schon umschlingt'n änne Branke
Un zärrt'n nieder uff de Banke.

De Färschtin ruft vom sichern Blatze:
«Zur Schtrafe, daß de änne Glatze
Wolltst schern mir, falscher Reemer du,
Da wärschte uffgefressen nu!
Dr Bär is hungrig, sießer Mann,
Där läßt geen Gnorbel an dir dran!
So will's germansche Weiberrache.
Ja, ja, mei Junge, das i Sache!!»
Un wie besässen fiel dr Bär
Jetzt ibern reemschen Haubtmann här.

V.

Inzwischen rickte Varus an.
Där bloobte wärklich fäste dran,
Daß Hermann sich will unterwärfen
Un seine Leite neingomm därfen.
Arminius un sei Gumban,
Dr Marbod, machten nu ä Blan,
Daße von vorne un von hinten
De Reemer rächt scheen iberwinden.
Denn immer's Schicksal dän ereilt,
Där von sein Feind wärd eingegeilt.
Damit Härr Varus wärd betrogen,
Gam'n deitsche Boten angezogen,
Die meenten: «Heil! Mir wolln dich fiehrn,
Sonst gennste dich veroriendiern.»
«Das freit mich», schbrach dr Feldhärr da,
«In eierm Matsch, da gann mr ja
Versinken bis zum Gärtel nein.
Ich seh schon aus wie so ä Schwein!
Nu guckt bloß meine Doga an:
Da is gee häbbchen Schick mähr dran.

Un de Sandaln habb'ch ooch verlorn,
Zwee linke Zeh'n sin abgefrorn.»
«Ach Goddchen», meenten de German',
Als hätten sowas leed gedan.
Un immer diefer nein in Dräck
Zog's Reemerhäär von Fläck zu Fläck.
«Heh», rief da Varus endlich aus:
«Wo ist denn nu äs Deidohaus?
Ihr denkt wohl, ich bin bißchen dumm?
Ihr fiehrt mich ja im Greise rum!»
«Äja, das gommt dir bloß so vor»,
Sang feierlich dr Bardengor.
Da deente wild ä Gamfsignal.
Un wie dr Deifel uff eemal
Brach Marbod ausn Hinterhald.
So wurde Varus scheen umgrallt.
«Nee sowas», riefr voller Wut,
«Da heeßt's, dr Deitsche, där is gut
Mit blonden Haarn un blauen Oochen,
Derweile wärd mr so bedroochen!
Verbibbch, verbibbch, ich schbieres schon:
Das gostet meine Lechion'!»
«Nu freilich», bläkten wild de Barden
Un schwänkten frehlich de Schtandarten.
Fimf Reemer ließense am Lähm,
Daß die Augustus Gunde gähm,
Was Hermann seine Griecherscharn
Fier ungeheire Gärle warn.

Odello

Ä gans färchderliches Ehedrama von ä Schwarzn un ännr Weißn

I.

Odello, was dr Mohr war von Venedich,
Där war, wie jeder Mann, im Anfank ledich.
In sein Beruf als Fäldhärr gämfdr, fochdr,
Bis daßr ämal draf Brabandios Dochdr,
De scheene Däsdemona, die gerade
Nach Hause gink ausn Familchenbade.
Odello sahk se an, se sahk zurigg,
Un das war Liewe uffn ärschdn Bligg.
Weil se nu gar so wundrhibbsch gelachd,
Hadd se dr Mohr zu seiner Frau gemachd.
Se dadn änne gleene Hochzeidsreise.
Da brilldn alle: «Guggt ämal, 'ne Weiße,
Die hadd sich gar ä schwarzn Gärl genomm'!
Se wärd schon frieh genuch drhindr gomm',
Daß zwee verschiedne Farm im Gamfe liechn.
Die mißtn Gindr wie de Zebras griechn!» –
Da eenes Morchens nahm dr schwarze Mohr

Ne Rangerhehunk bei sein Drubbn vor.
Härr Gassio, aus Floränz ä junger Mann,
Där wurde Leidnand von däm Dage an.
Das gonnd dr Fähnrich Jago nich verschmärzn
Un finsdre Rache schmorde in sein Härzn.
Nu gams, daß Gassio in sein Leidnandsmagn
Gee Dräbbchen Algoholsches gonnd verdragn.
Das war dn Fähnrich sähre angenähm
Un fier sein beesn Blan so rächd begwähm.
Durch scheene Worde un mid Schmeichelein
Zog Jago Gassion in 'ne Gneibe nein.
Dord ließrn gleich ä großn Gimmel bringn
Un dad drzu ä lusdches Drinklied singn.
Schdäds beim Reffräng schdießr mid Gassion an,
Daß därn Bescheed mußd dun als bravr Mann.
Bein dridden Glase war dr Leidnand fädd
Un dorgelde un lallde nach sein Bädd.
Drzwischen grehldr, halb schon hingesunkn:
«Mei Gobb is glar – ich bin doch nich bedrunkn!
Ich weeß noch alles, wie's dud gehn un schdehn –
Un nähm mein rächdn habb ich's linke Been.
Ihr dänkd, das is dr Mond da ohm am Himmel?
Äja, das is ne große Bulle Gimmel!»
Da winkde Jago nach ä Schbießgesälln.
Där reizde Gassion. Druff gab därn baar Schälln.
Draus wurde änne safdche Geilerei.
Dr Fähnrich feigsde. Bläddslich gam herbei
Odello in heechsd eechener Bärson
Un brillde: «Is dänn hier Revoluzzion?
Was missen meine Fäldhärrnoochn schaun:
Mei Leidnand Gassio dud sich mid een haun!»
Un druff geschah's, was Jago eingerierd:
Dr Leidnand wurde schleinichsd degradierd.

II.

Nu gink dr Fähnrich heem bei seine Frau,
Un där erzähldr alles ganz genau.
«Emilije», so schbrachr, «jädds baß uff,
Das war ärschd Nummer eens mid Gassios Suff!
Als zweedes musses mir alsdann gelingn,
Odellon dichdch in Eifersuchd zu bringn.»
«Das wärd nich leichd sin», hob Emilje an,
«De Däsdemona läbd nur fier ihrn Mann.»
«Ach Gwaddsch», rief Jago, «sowas gennmr schon,
Die hadd schon lange was mid Gassion.
Un jednfalls befähle ich, daß du
Die beedn morchn bringsd zum Rangdewuh.
Dr abgesäddsde Leidnand will se flehn,
Se soll dn Mohrn um Gnade fiern angehn.
Wänn Gassio dann vor Däsdemonan gnied,
Da schläbb'ch Odellon ran, daß där das siehd.»
Un de Emilje brachdes ooch zuschdande,
Daß Gassio sich an Däsdemonan wandte.
Gaum schdärzdr ihr zu Fießn, riggdn vor
Aus ä Gebisch dr Fähnrich un dr Mohr.
Un Jago meende: «Härr, mir duds ja leed:
So machen die's nu schon de ganse Zeed.»
Odello drad schnäll näher un rief: «Ha!
Was war dänn das, was ich da ähmd jädds sah?
Warum leefd Gassio wägg, grad wänn ich gomme?
Ergläre mir doch das ämal, du Fromme!»
Unschuldich wie ä neigebornes Galb
Schdrich Däsdemona iewrn Mohrn sein Schgalb
Un bäddelde fier Gassion scheen um Gnade.
Odello war embärd im heechsdn Grade.
Die Schdimmunk niddsde Jago deiflisch aus
Un zog dn Mohrn beiseide hindrsch Haus.

Dord wußdrn Fäldhärrn noch mähr uffzubuddschn,
Bis där vor Wud dad uffdr Ärde ruddschn.

III.

Ä jedn Weibsbild ganns ämal bassiern,
Das ärchndwo se's Schnubbduch dud verliern.
So ginks ooch Däsdemonan. Awr ach,
Das war dr Anlaß zu ä forchdbarn Grach.
Im Gardn fands nach gurzr Zeid Emilje,
Da bammeldes an ännr Feierlilje.
Schdadd dasses nu dr Härrin wiederbrachde,
Gab se's ihrn Jago. Un där Gärl, där lachde
Un meende schmunzlnd: «Ei, das wärd famos:
Ich schbiel das Dink dn Gassio in sein Schoß!»
Emilje sagde: «Nee, gibbs wieder här!
Gerade das wärd se vermissn schwär,
Das war Odellons ärschde Liewesgabe.»
«Nu freid's mich dobbld, daß'ch dän Labbn habe!»
So grinsde Jago, lief drvon ins Weide
Un schwänkde driumfierend seine Beide.
Ä Hälferschhälfr war bald uffgedriem,
Där mußde 's Duch in Gassios Bude schiem.
Wie's blies am nächsdn Morchn zum Abäll,
Da schdäggde därsch in seine Hose schnäll.
Wie freide sich dr Fähnrich, als 'r sah:
Dr Gassio un äs Schnubbduch die sin da.
Un wie dr Florändiner grade niesde,
Da gam dr Mohr. Druff meende Jago: «Siehsde,
Mei deirer Fäldhärr, ich habb nich gelogn:
Die beedn hamm dich färchderlich bedrogn!
Gugg nur genau bei Gassios Nase hin,
Die schdäggd in Däsdemonans Schnubbduch drin.»

Un nur mid großr Miehe dads gelingn,
Odellon von ä Morde abzubringn,
Dänn gleich wolld sich dr Mohr uff Gassion schdärzn,
Um däm sei Lähm rächd grindlich abzugärzn.
Dr Jago awr, därn Beweis gebrachd,
Ward druff zum Leidnand von sein Härrn gemachd.

IV.

's gann doch in änner Ehefrau ihrn Lähm
Nichd Färchderlichres als Verleimdunk gähm!
De Däsdemona dachde gar nich dran,
Sich wegzuwerfn an ä andrn Mann,
Un droddsdäm war fäsd iewrzeichd dr Mohr,
Daß se mid Gassion hädde ofd was vor.
Weil nu bei ä gollärschn Dembramänd
Gleich lichdrloh dr ganse Gärl schdäds brännd,
Hadd dr Odello in dr nächsdn Nachd
Sei braves Weib gans greilich umgebrachd:
Ins Underbädde haddr se gedriggd,
S' Geilgissn druffgebochd, daß se erschdiggd.
Dann riefr seine Leide ran un schbrach:
«Guggds eich nur richdich an, was ich verbrach!
So mißdes jeder Ehefrau ergehn,
Die dud mid andrn Gärln beisammenschdehn.»
Doch da hob die Emilje zedernd an:
«Sowas hadd Däsdemona nie gedan!
Was fier ä Scheisal gonnde das dänn sagn?»
«Weib, hald de Gusche! Sonsd gehd dirsch an Gragn!»
So blähgde Jago un verfärbde sich.
«Hah», schrie Emilje, «jädds verrädsde dich!»
Un schnäll enddäggde se nu dn Bedruch
Von Gassion un däm Liewesdaschenduch.

Ihr Mann, där dad drbei vor Wud bald bladdsn
Un zog de grimmichsdn Verwinschungsfraddsn.
Wie se nu immer mähr sich vermaulierde,
Ergriff dn Jago ooch de Mordbegierde.
Sei großes Mässr zärrdr meichlinks raus:
Riddsch – raddsch! Un mid Emiljens Lähm warsch aus.
«Härrjehses», schrien die Leide, «mir endweichn,
Sonsd missmr alle heide heem als Leichn.»
Druff rief Odello mid ä forchdbarn Schreie:
«Hah! Aller gudn Dinge das sind dreie.»
Im nächsdn Oochnbligge hadde schon
Sich in sei Schwärd geschdärzd dr Mohrensohn.
Dn Jago awr, där verschuld' das Graun,
Dads Volk vor Wud in Grund un Boden haun.

Hamlädd

oder:
Dr verbrächerische Onkl

I.

Im Nordn ohm in Dänemarg
Da schdand ä Schloß mid Mauern schdarg,
Un wänn de Middernachd gam ran,
Finks greilich dord zu schbugn an.
De Wachn, sonsd nich schlabbe Hunde,
Dei bäbdn um de zwälfde Schdunde
Wie gleene Gindr von zwee Jahrn
Un gloddsdn mid geschdreibdn Haarn
Nach ännr Schdälle uff dr Zinne,
Bis daß dr Geisd war wiedr hinne.
Där gam so binkdlich uff de Dur,
Als häddr änne Daschenuhr.
Sei Eißres, das glich uff ä Haar
'n Geenich, där geschdorm jingsd war.
Un immer laadschdr hin un här,

Als suchdr was un fänds nich mähr. –
Horazio, ä Edlmann,
Där sahk sich mal dän Schbug mid an.
Druff meendr: «Gärls, ich laß mich frässn:
Dr Geenich had äwas vergässn.
Drum gann sei Geisd nich Ruhe griechn
Un gommd eechal hieruff geschdiechn.
Mr wollns ämal Brinz Hamlädd sagn,
Vielleichd dud däm sei Leid 'r glagn.»
De nächsde Nachd war forchdlos schon
Mid uff dr Wachd dr Geenichssohn.
Un gaum dad dän dr Geisd erbliggn,
Finkr weeßgnebbchn an zu niggn
Un winkde dann dn Brinz beiseide,
Als wänn'n scheniern de andrn Leide.
Dord schbrach zu Hamlädd äs Geschbänsd:
«Mei Sohn, was von mein Dod du gännsd,
Daß mich 'ne beese Schlange biß,
Is großr Schwindl un Besch . .
Mei eechner Brudr hadds geschaffd
Un goß ins Ohr mir gifdchn Safd,
Damid'r deine Muddr hädde
Un därfde bei se nein ins Bädde.
Nu räche diese Dad geschwind!
Adjeh, mei Gind – adjeh, mei Gind.» –
Wie sich dr Geisd im Dunsd verlor,
Da schdärmdn Hamlädds Freinde vor.
Dr Brinz dad awr nischd verradn,
So sähr se bäddeldn un badn
Un meende bloß uff alle Fragn:
«Das eene, Gindrsch, laßd eich sagn:
Es gibbd mähr Ding' im Himmel un uff Ärdn,
Als uff dr Bänne uns de Baugr lärdn!»

II.

Dr neie Geenich un de Geenichin
Die dradn eenes Dags vor Hamlädd hin
Un schbrachn: «Junge, so gehd das nich weidr,
Nu sei doch ändlich wiedr bißchen heidr!
Schdärm missmr alle, 's is dr Loof dr Wäld,
Da goofd sich geenr los fier all sei Gäld.
Dei vieles Griebln machd dich bloß verdrehd,
Drum hammr dir dei Daschengeld erhehd
Bro Monad jädds uff fimfunzwanzich Gron'.
Mir dänkn, sowas, das gurierd dich schon.»
Brinz Hamlädd dachde: «Gwaddschd nur ruhig weidr!
Ihr beedn, grad' de Richdchn drzu seid'r,
Die iewer mich sich därfdn hier moggiern!
Nu warded nur, ihr solld mich schon noch schbiern!»
Doch eißerlich ließ sich dr Sohn nischd märgn,
Damid'r nich dn Archwohn däd beschdärgn.
Drum sagdr heeflich, wänn ooch ziemlich gald:
«Scheen Dank fier de Erhehunk vom Gehald!
Bedräffs dr Schdimmunk will ich mich bemiehn,
Jädds änne andre Miene uffzuziehn.»
«Ei, brav geschbrochn», rief de Frau Mama,
«De bisd mei gudes Gind, ich wußdes ja!»
Dann zog se mid ihrn frischn Härrn Gemahl
Un midn Hofschdaad schdolz in Schbeisesaal.
Brinz Hamlädd guggde finsdr hindrhär
Un gink vor Eegl badn nein ins Määr.

III.

Am Geenichshofe war ä Mann,
Dän schbrach mr mid Bolonjus an.

Uff sein Minisdrdidl bochdr,
Zwee Gindr, haddr, Sohn un Dochdr.
Laärdes, was dr Junge war,
Där wollde gärne uff ä Jahr
Ford nach Baris un bad deswächn:
«Gomm, Babbah, gibmr schnäll dein Sächn!»
Bolonjus brachdn bis zur Forde
Un schbrach dann diese Abschiedsworde:
«Ans Vadrland, ans deire, schließ dich an!
De Aggsd im Haus erschbard dn Zimmrmann!
Äs Alde schdärzd, es änderd sich de Zeed!
Es gehd nischd iewr de Gemiedlichgeed!
Mr soll dn Dag nich vor dm Ahmde lohm!
De gloobsd zu schiebn un de wärschd geschohm!
Dr Grug, där gehd zu Wassr, bisr brichd!
De Ruhe is de ärschde Bärchrflichd!
Es schiggd im Lähm sich eenes nich fier alle!
Dr Hochmud gommd gewehnlich vor dm Falle!
Ä Schdargr is am mächdichsdn alleene!
De Liechn hamm beganndlich gurze Beene!
Grau, deirer Freind, is alle Deorie,
Un ewich junk bleibd bloß de Fandasie!
Dän schräggd dr Bärch nich, wär gleich druff geborn!
Äs Ächde bleibd dr Nachwäld unverlorn!
Greif nur hinein ins volle Mänschnlähm,
Un fäsde singe, wäm Gesank gegähm!»
Laärdes schbrach: «Nu habb'ch genug, mei Vadr,
De mußd ooch wiedr uffheern als Beradr!»
Dann lief dr Jinglink an dn Hafn nundr
Un ab ginks nach Baris fidel un mundr.
Druff rief Bolonjus nach dr andrn Seide:
«Gomm här, mei Dochdr, ich bin eenmal heide
Famos wie nie im Redn grade drin,
Drum baß jädds uff un horche richdich hin:

De wärschd nu sibbzn Jahr, Ofelija,
Un bisd gee Gind mähr. Drum schbrichd dei Babbah:
Wänn dir Brinz Hamlädd ooch machd Gomblimände,
Laß dich nich einfangn! Dänke schdäds ans Ände!
Ä jungr Mann scharwänzld in däm Aldr
Um alle Schärzn wie ä Honichfaldr.
Un wänn dr Brinz dir zähnmal Dreie schwärd,
Schon hundrd andre haddr so bedärd.»
Ofelja schbrach mid weenerlichn Don:
«Du nimmsd een färmlich jede Illusjon!»
Dann gink se in ihr Mädchenschdiebchen nein
Un schrieb an Hamlädd: «Ewich bin ich dein!»

IV.

Äs Geenichsbaar saß wiedrmal
Beim Frihschdigg drin im Schbeisesaal.
Das bad mid diefr Referänz
Bolonjus um 'ne Audiänz
Un schbrach: «Mid Hamlädd, da gehds schief!»
Dann lechdr vor ä Liewesbrief,
Geschriem vom Brinzn seinr Hand
Un an Ofelijan gesandt.
Dr Geenich un de Geenichin,
Die lasn här un lasn hin
Un meendn: «Ach, Bolonijus,
Das is ja färchderlichr Schduß!
Ergläre jädds bei unsrm Zorn:
Was hadd Brinz Hamlädd so verworrn?»
Bolonjus schbrach: «Gewissermaßen
Un ohne alle langn Frasn,
Vorausgesäddsd un vorbehaldn,
Daß ooch ä Irrdum gennde waldn,

Dies inbegriffn, inglussive,
Beziehunksweise, reschbegdive
Muß diesbeziechlich sozusagn
Ich heeflich zu behaubdn wagn:
Uff meine ärnsde Vadrrede
Verhäld Ofelija sich schbrede
Un dud sich eierm Sohn endwindn,
Daß där se närchnds mähr gann findn.
Das hadd Brinz Hamlädd uffgebuddschd
Un drum is sei Verschdand verruddschd.» –
Da säddsde sich de Geenichin
Vor ihrn Roggoggoschreibdisch hin
Un malde vollr Eleganz
An Gildenschdärn und Rosengranz
Ä Brief un schdäggdn dann mid Hasdn
Gleich heechsdberseenlich nein in Gasdn.
Druff gamn noch midn Abndzuch
Die beeden Gärle uff Besuch.
De Geenichin schbrach: «Scheen willgomm!»
Haddse beiseide dann genomm
Un machdn Hamlädds Zuschdand glar.
De Freinde meendn: «Nu där war
Schon indr Schule manchesmal
Ä gleenes häbbchen anormal.»
De Muddr niggde un schbrach druff:
«Nu heiderdn nur fäsde uff!
Drum habb ich eich ja härgerufn.»
Dann schdiech se nuff de Drohnesschdufn.

V.

Un Gildenschdärn un Rosengranz
Die bumbdn von dr Indendanz

Vom Gobbnhagner Schauschbielhaus
Sich ä baar Gomediandn aus.
Das dad nu Hamlädd mächdich frein.
Un sälwr drichderdr dän ein
Ä Schdigge, dasse solldn schbieln.
(Dran wolld' dr Brinz sei Miedchn gihln.)
Schon wurdn in dn nächsdn Dagn
Deadrzäddl angeschlagn,
Druff schdand zu läsn: «Brämiähre».
Dr ganse Hof, där schbannde sähre,
Was da zur Uffihrunk wärd gomm
Un hadd im Vorvergoof genomm
Gleich de Billäddr im Galobb,
So dasses ahmds gab bloß noch Dobb.
Gaum deende 's läddsde Glinglzeichn,
Dad Hamlädd in dn Saal neinschleichn
Un wihlde in romandschr Bose
Sein Gobb rum in Ofeljas Schoße.
Doch wie nu anfink äs Deadr,
Da gloddsde uff sein zweedn Vadr
Dr Brinz, als wännrn wolld' durchbohrn
Un war ins Anschdiern gans verlorn.
Ohm uffdr Biehne war zu sähn,
Was hier im Schlosse jingsd geschähn:
Ä Geenich schlief. Un sei Rivale
Gam angeschlichn ausn Saale
Un goß däm ahnunkslosn Manne
Aus ännr großn Gaffeeganne
Gifd in de Ohrn. Äs Obfr schdarb.
Un gleich nach fimf Minudn warb
Dr Märdr um de Widwe schon
Un flanzde frech sich uffn dn Drohn.
De Geen'chin heilde ärschd ä bißchen,
Doch balde gabsn sieße Gißchen. –

Was Hamlädd wollde, das geschah:
Sei allrheechsdr Schdiefbabbah
Fink an zu ziddrn un rief aus:
«Machd Bladds! Machd Bladds! Ich muß mal naus!»
De Genn'chin brillde: «Vorhang niedr!»
Un sausde nach ihrn Härrn Gebiedr.

VI.

Am nächsdn Dage schbrach dr Geenich:
«Mir nähm in achd uns viel zu wenich
Vor däm verfliggsdn Lausejung!
Was däm da gäsdrn is gelung,
Bassierd uns nich ä zweedes Mal,
Sonsd gibbds dn scheensdn Hofschgandal.»
«Ja», meende Hamlädds Muddr druff,
«Där Bängl reechd een schrägglich uff!
Mr gommd fasd gar nich mähr zur Ruh'.
Womeechlich guggdr noch mal zu,
Wänn mir uns ahmds ins Bädde haun.
Däm Gärl is alles zuzudraun!
Ich willn mal jädds bei mich här biddn
Un läsn grindlich de Leviddn!»
Bevor de Muddr 'n Sohn ließ holn,
Haddse Bolonijus befohln,
Daß hindr 'ner Dabedenwand
Där zu ihrn Schudds drbei mid schdand.
Dann gam dr Brinz, schbrach dies un das,
Rief bläddslich aus: «Hier raschld was!»
Un hadd dn Dähchn neingerannd
Mid Wuchd in de Dabedenwand.
Uff die Ard gam Bolonijus
Um jedn weidrn Lähmsgenuß.

Endsäddsd fiel de Frau Geenichin
Mid großm Blauds in Ohnmachd hin.
Druff schleefde Hamlädd ohne Jammr
Bolonjus in de Rumblgammr
Un schbrach zur Leiche: «Sißde du,
Was horchsde andrn Leidn zu!»

VII.

Dr Geenich wolld' dn Mord verduschn,
Doch droddsdäm dad de Gunde huschn
Bald undrsch Volk. De Linksbardein
Fingn an zu dobn un zu schrein
Un brilldn: «Rundr midn Gron'!»
Un «Niedr midn Geenichssohn!»
Wie bäbdn da de Majesdädn,
Gans gleenlaud warnse un bedrädn. –
Da ward dr Geenichin verginded,
Daß sich Ofelija befinded
Seid gäsdrn in ä Zuschdand drin,
Als wär se nich mähr richdch bei Sinn.
De Landesmuddr schbrach: «Alsdann
Schaffd mal das junge Mädchen ran!
Se wärd wohl bloß Migräne ham,
Dran leidn alle bässrn Dam'.»
Ofelja gam. Doch ach, o Graus!
Wie sahk das arme Wärmchn aus!
Zerzausd de Haare, 's Gleed zerrissn,
Im Arme Gnoblauch un Narzissn,
So nahm vom Saale se de Midde
Un sang un schbrang im Bolgaschridde:

«Ringelreihe, hobbsassa!
Bärn sin geene Feichn.
Lusdich hubbd Ofelija
Iwr dode Leichn.
Rosn uff dn Wäg geschdreid
Un des Harms vergässn!
Dräggich is Gollechnneid.
Gäbd mir was zu frässn!»

De Geen'chin schbrah verduddsd: «Nu gugge,
Ofelija is *ooch* meschugge.»

VIII.

Laärdes – uff ä Delegramm –
Baggd' in Baris sein Gram zusamm
Un gam räddur nach Dänemarg.
Dr Geenich winkdn in dn Barg.
Dord hamm die zwee sich nu verschdändichd,
Wie Hamlädds Lähm wärd bald beändichd.
Se gnobldn ä Gamfschbiel aus
Un ludn zu däm bludchn Schdrauß
Als Bubligum dn gansn Hof,
Zu richdn beim Durnierverloof.
Dr Geenich ließ sich ooch nich lumbn
Un schdifdede ä großn Humbn
Mid ännr ächdn Bärle drin
Fier Hamlädd, wänn där däd gewinn.
(Nadierlich war im Weine Gifd,
Falls nich dn Brinz dr Gechnr driffd.)
Mid Baugn- un Drombednglang
Hadd nu äs Gamfschbiel angefang.
Gleich dreimal dad drin Hamlädd siechn

Un sollde schon dn Humbn griechn,
Doch machdr noch dn vierdn Gang.
Druff dad de Geenichin sich lang
Dn Wein, um fier dn Sohn zu drinkn.
Blumbs mußdse dod zu Bodn sinkn.
Dr Geenich rief, von Schrägg bedroffn:
«Härrjeh, du hasd ja 's Gifd gesoffn!»
Laärdes un dr Brinz indässn
Hamm sich berammeld wie besässn
Un bohrdn sich in Gamfeshiddse
Ins Härze nein de Säwlschbiddse.
Druff hadd mid seinr läddsdn Grafd
Sich Hamlädd nochmal uffgeraffd
Un goß dn Räsd vom gifdchn Wein
'n Geenich in de Gorchl nein.
Da half gee Rilbsn un gee Schbuggn,
Äs läddsde Dräbbchen mußdr schluggn,
Bis daß sei Ooche gläsrn schdierde.
Dann schdarb Brinz Hamlädd als dr vierde
Un schbrach drzu: «Horazio,
Beärdichd uns nur gleich ang gro.»